Parole in viaggio

I edizione
© Copyright 2010
Guerra Edizioni - Perugia

ISBN: 978-88-557-0156-3

Design
Salt&Pepper

Guerra Edizioni

Nomi, immagini e marchi di prodotti sono
riportati senza modifiche o ritocchi perché
così, didatticamente più efficaci.
Non esiste alcun rapporto con i relativi
produttori. Gli autori e l'editore
non intendono cioè fare paragoni o
indirettamente opera di promozione.

La realizzazione di un libro comporta
un attento lavoro di revisione e controllo
sulle informazioni contenute nel testo,
sull'iconografia e sul rapporto che
intercorre tra testo e immagine.
Nonostante il costante controllo,

è quasi impossibile pubblicare un libro del
tutto privo di errori o refusi.
Per questa ragione ringraziamo fin da
ora i lettori che li vorranno segnalare al
seguente indirizzo:

Guerra Edizioni
via Aldo Manna 25 - 06132
Perugia (Italia)
tel. +39 075 5289090
fax +39 075 5288244

e-mail: info@guerraedizioni.com
web: www.guerraedizioni.com

FABIO CAON

Parole in viaggio

Guerra Edizioni

Questo disco è dedicato alla memoria di mio nonno Ilario, trombettista.
Per avermi insegnato, a 3 anni, la magia di suonare col martello.

Ringraziamenti

Il progetto "parole in viaggio" non avrebbe potuto vedere la luce senza l'amicizia oltre che l'apporto determinante di: Paolo E. Balboni, Fabrizio Lobasso, Francesco Sartori, Angelo Lacitignola. A loro il mio più profondo sentimento di gratitudine e riconoscenza.

Un ringraziamento sentito alle due persone che, per disponibilità umana, hanno saputo andar oltre all'Isituzione che rappresentano, confermando il valore fondante di questo progetto: la condivisione. Grazie quindi a Elio Celone, anima dell'Associazione "meno velocità più vita" e a Graziano Serragiotto, coordinatore del laboratorio ITALS.

L'"anima" musicale del disco non avrebbe trovato "corpo" se non ci fosse stata la disponibilità sovrumana di Claudio Corradini che, insieme a Diego Soffia, ha pazientato sorridente e comprensivo per gli infiniti ritardi, disguidi, procrastinazioni che spesso condizionano progetti complessi. Senza la vostra amicizia, il vostro sforzo e la vostra competenza tutto sarebbe stato molto più complicato. Grazie.

Un abbraccio collettivo alla "Caon's music family" che, per circa 20 anni, ha incautamente aderito alle mie proposte paramusicali, agli innumerevoli progetti puntualmente naufragati fino ad approdare a questo insperato porto musicale. Ne fanno parte (in ordine storico): Uccio Rizzo, Davide Truccolo, Luigi Marchi, Marco Tagliaro (il più masochisticamente longevo), Marco Celegon, Alessandro Gardinale, Angelo Lacitignola, Lorenzo Terminelli, Mauro Bonicelli. Ragazzi, so di avervi rovinati nel fiore della giovinezza musicale... so che lo sapevate, grazie perciò di aver resistito.

Grazie ai tanti musicisti che, nel tempo, han supportato e sopportato le centinaia di più o meno vane proposte fatte. In particolare ricordo: Narciso Simion, Enrico Tamai e Marco Pistellato per avermi insegnato i primi accordi di chitarra, Giovanni "John" Bernardone che ha fornito chitarre, basi musicali, masterizzazioni selvagge, pc, casse audio, videocamere e soprattutto un'incondizionata amicizia 24 ore su 24 per 365 giorni l'anno (366 nel bisestili) e grazie ad Antonio Morgante per l'amicizia e il suono della sua mitica tastiera Antonelli.

Grazie a Dario Geromin, Gianni Ballarin, Alessandro Fabbro, Paolo Zambon, Stefano Lumine, Piergiovanni Vianello, Cristiano Civran, Fabio Poli, Davide Furlanetto, Giampaolo Todaro, Giampaolo Diacci, Giampietro Galatioto, Gianni Giampietro, Alessandro "the voice" Plaisant, Diego Bellato, Francesco Socal al Nuovo fronte del Vasco: Uccio, Davide, Loris, Vladi e Alberto.

Grazie ad Annabella per la grazia della sua voce e per aver l'agenda dei musicisti più completa del triveneto; Grazie a Petra, Alessandra, Cinzia, Serena, Alessia, Sara e Giada per l'armonia che ho sentito nelle loro voci.

Grazie a tutta l'Associazione "meno velocità più vita" che ha avuto un ruolo determinante nella realizzazione del Cd-libro e nell'allargare l'orizzonte valoriale del progetto legandolo anche all'educazione stradale. Un ringraziamento dal cuore a Michela Andreani, Barbara Gramegna e Barbara D'Annunzio che hanno ampliato lo scenario didattico del progetto e approfondito il valore umano di questa ricerca di sintesi tra ingegno e fantasia.

I tanti ringraziamenti continuano nel sito www.itals.it dentro la sezione "canzoni per apprendere: parole in viaggio".

indice

Il progetto "Parole in viaggio"

Presentazione del Volume

(per gli insegnanti)

Il progetto "Parole in viaggio", di cui questo Cd e il sito sono le prime realizzazioni operative, nasce all'interno del Laboratorio ITALS e del laboratorio Teoria della Comunicazione dell'Università Ca' Foscari di Venezia con l'intento di coniugare la canzone con la didattica della lingua e la comunicazione interculturale.

Grazie ai successivi apporti ideativi e organizzativi del Cons. Fabrizio Lobasso (MAE), del Prof. Elio Celone (in rappresentanza dell'Associazione "meno velocità più vita"), il progetto amplia i propri orizzonti e si sviluppa in più direzioni: al versante didattico ed educativo interculturale si aggiunge infatti quello della promozione culturale su scala internazionale tramite progetti interistituzionali (quali le "lezioni concerto" sul cantautorato italiano) e quello legato alla sicurezza stradale (quali le "lezioni concerto" sul viaggio, la velocità e la sicurezza e i "concerti per la vita" in Italia e all'estero).

La scelta della canzone è legata al fatto che, da nostre ricerche condotte su scala nazionale e internazionale, essa è lo strumento che interessa ed attrae maggiormente gli studenti e presenta, quindi, notevoli potenzialità per la motivazione allo studio dell'italiano.

La canzone è un materiale autentico, quindi non strutturato intenzionalmente con finalità didattiche. Essa, nella sua autenticità, è un testo ricco poiché veicola lingua, aspetti culturali e letterari che possono essere utilizzati dall'insegnante a fini didattici.

L'obiettivo del lavoro è stato quello di declinare le attività sulla base del Quadro Comune di Riferimento Europeo (QCER) per tutti i livelli (dall'A1 al C2) affinché si possa fornire ai docenti un modello di riferimento scientificamente accreditato e che permetta un facile utilizzo nei vari contesti di insegnamento internazionale (non solo europeo).

Il modello operativo scelto è quello dell'unità gestaltica (GAS-globalità-analisi-sintesi) che è stata successivamente rielaborata dalla scuola veneziana in Unità Stratificate e Differenziate cioè adattata a contesti classe plurilivello.

Tale scelta è motivata dal fatto che, oltre al rispetto di criteri scientificamente riconosciuti su scala internazionale, il Cdlibro è rivolto studenti di italiano LS, L2 ed L1. Esso può esser utilizzato quindi sia in contesti "monolivello" che in contesti plurilivello (ad esempio le classi multietniche, in cui vi siano italiani madrelingua e studenti non italofoni con diversi tempi di permanenza in Italia).

Ogni unità del cdlibro è declinata su almeno due livelli del QCER ed esemplifica un modello di lavoro utile in classi plurilingui e multilivello. La stessa unità, infatti, può essere presentata in classi con livelli diversi in quanto prevede sia attività individuali con lo specifico livello di riferimento, sia attività in coppia o in gruppo in modo che si possa sfruttare efficacemente l'interazione tra i differenti livelli per agire sulle "zone di sviluppo prossimale" multiple per ogni unità.

Dal punto di vista strettamente operativo, dunque, gli studenti potranno lavorare sulla stessa canzone (quindi su un input condiviso che mantenga l'unità della classe) in modo individuale e differenziato o in modo collaborativo.

Le attività legate alle singole canzoni si basano sul lexical approach, sui vari repertori di tecniche didattiche funzionali allo sviluppo delle abilità linguistiche coinvolte e sono organizzate in unità di lavoro che si sviluppano ognuna nelle seguenti fasi:

FASE PREASCOLTO ("prima dell'ascolto"): in questa fase gli studenti in plenaria, a coppie o individualmente vengono "guidati" verso il testo, verso il contenuto della canzone. Le attività inserite in questa fase sono concepite per condurre lo studente a:
- formulare ipotesi sulla canzone che andrà ad ascoltare;
- elicitare conoscenze già acquisite che riguardano il contenuto linguistico, culturale e/o letterario che verrà poi presentato dalla canzone;
- attivare il lessico di riferimento utile alla comprensione globale;

Attività e tecniche coerenti con l'obiettivo di questa fase sono: spidergram, brainstorming, mappe concettuali, ecc.

In questa fase abbiamo privilegiato attività da svolgere in plenaria (coinvolgendo così, nelle stesse attività, i due livelli a cui è rivolta l'unità) nelle quali si utilizzino più codici (icone, disegni, foto) e che siano "aperte" nel senso che ogni studente possa comunque svolgerle sulla base del suo livello linguistico (la complessità delle risposte e dei compiti che il docente può assegnare sarà quindi differente a seconda del livello linguistico).

La condivisione in plenaria permetterà, nel caso di contesti plurilivello, di sfruttare la condivisione di conoscenze come occasione per sviluppare ulteriori apprendimenti grazie al gruppo dei pari.

FASE DELL'ASCOLTO ("durante l'ascolto"): gli studenti sono invitati a svolgere attività che favoriscono la comprensione globale e focalizzano l'attenzione su alcuni elementi del testo della canzone.

In questa fase si collocano attività come il cloze, il riempimento, il noticing, ecc. Alcune attività possono essere identiche per i due livelli (ad esempio un cloze di comprensione) altre invece possono essere completamente diverse perché mirano ad obiettivi differenti, riferiti direttamente ai diversi livelli coinvolti. In alcuni casi, le attività proposte per i livelli di base non corrispondono in numero a quelle proposte per i livelli più avanzati. Questo perché nelle prime fasi dell'apprendimento (A1/A2) il ritmo di lavoro è più lento e maggiore è l'esigenza di ripetizione e di ridondanza. Questo può quindi generare una disparità nei tempi di lavoro che, di conseguenza, può comportare difficoltà organizzative: il numero differente di attività, quindi, offre la possibilità di colmare tali rischi gestionali, fornendo al docente degli strumenti di lavoro che permettano maggior flessibilità.

FASE POST ASCOLTO ("dopo l'ascolto"): in questa fase gli studenti sono invitati a lavorare sul testo della canzone, ad analizzarlo per comprenderne i meccanismi linguistici, culturali, letterari. In questa fase possono dunque collocarsi esercizi che mirano ai diversi obiettivi che abbiamo enucleato.
Alcune unità sono maggiormente orientate su obiettivi di tipo linguistico-lessicale, altre mirano prioritariamente a sviluppare competenze di tipo culturale e letterario.
Tutte le unità comunque comprendono sia attività grammaticali, sia culturali, sia letterarie sia espressive per fornire agli studenti la possibilità di far emergere alcuni talenti o passioni personali legate al canto, al disegno, alla pittura, alla fotografia, alla danza, e che quindi risultino intrinsecamente più motivanti.
Questa attenzione a diversi ambiti garantisce di conciliare sia l'ambito italiano LS, sia quello L2, sia quello L1: gli studenti madrelingua, infatti, possono lavorare maggiormente su contenuti linguistico-culturali, espressivi e soprattutto linguistico-letterari.
Infine, specifichiamo che le unità di lavoro presentate nel libretto sono rivolte direttamente agli studenti e comprendono per questa ragione consegne e indicazioni comprensibili a discenti di livelli diversi e quindi formulate di volta in volta (a seconda dei livelli compresi nell'unità) con un linguaggio più o meno semplice.
Tali unità di lavoro corrispondo direttamente alle unità contenute nella guida per l'insegnante (scaricabile gratuitamente sul sito www.itals.it dentro la sezione "canzoni per apprendere: parole in viaggio") che fornisce indicazioni al docente per l'articolazione del lavoro all'interno di ogni unità ma anche a livello di ogni singola attività.
Come accennavamo in apertura di questa presentazione, il progetto consta anche di una sezione del sito www.itals.it ("canzoni per apprendere: parole in viaggio").
La possibilità offerta dalla telematica di utilizzare un luogo virtuale di espansione e condivisione delle conoscenze ed esperienze innova la natura del libro. Esso si presenta, coerentemente con una concezione sociocostruttivista dell'apprendimento/insegnamento, come un'opera aperta, in continua espansione: grazie alla possibilità offerta agli insegnanti di scaricare attività gratuitamente e di inserirne di nuove e agli studenti di utilizzare le basi musicali presenti nel volume per ricantarle, tradurle, risuonarle e caricarle nel sito rendendole disponibili a "compagni" di tutto il mondo, di realizzare e inserire video, fotoromanzi, di comporre poesie e racconti condividendoli in forum dedicati e di partecipare a concorsi appositamente creati, fornisce ulteriori occasioni per conoscere nuove persone e fare nuove esperienze e di utilizzare l'italiano non solo per scopi di apprendimento linguistico ma anche di crescita personale.

In sintesi, i punti qualificanti di quest'opera sono:
  - varietà di destinatari e di contesti d'uso (LS, L1, L2);

- varietà e attenzione scientifica all'integrazione di diversi riferimenti teorici nella progettazione e nell'impostazione delle attività (QCER e modelli glottodidattica, lexical approach, tenciche didattiche per classi ad abilità differenziate plurilivello);
- flessibilità d'uso e facile adattabilità d'uso in diversi contesti (classi di Ls organizzate in livelli, classi multilivello, classi fortemente eterogenee (L1 in compresenza con L2);
- valorizzazione della cooperazione tra studenti e della varietà di modelli di lavoro (individuale, a coppie, in plenaria, in gruppo, convergente, divergente...)
- struttura aperta, in continua espansione, dell'opera (con continui aggiornamenti e approfondimenti didattici in rete al sito www.itals.it dentro la sezione "canzoni per apprendere: parole in viaggio", con esemplificazioni nuove fornite dai docenti e dagli esperti attraverso materiali scaricabili e video illustrativi di esemplificazioni in classe);
- attenzione contemporanea e integrata alla dimensione linguistico-grammaticale, linguistico-culturale, linguistico-espressiva e linguistico-letteraria;
- valorizzazione dei diversi linguaggi e dell'integrazione tra essi (attività che legano lingua e disegno, fotografia, pittura, canto);
- valorizzazione della abilità traduttive (ogni canzone può esser tradotta in altre lingue e ricantata);
- valorizzazione delle risorse degli studenti e dei docenti (attività espressive e possibilità di pubblicare in rete i lavori originali legati alle canzoni);
- valorizzazione degli aspetti motivazionali intrinseci (l'uso stesso della canzone, la possibilità di esprimere e pubblicare in rete il proprio talento);
- valorizzazione della rete e dei nuovi linguaggi multimediali che rinforzano motivazione intrinseca ed apprendimento significativo).

"Parole in viaggio" è un progetto ideato e coordinato da Fabio Caon.

Sul piano organizzativo e progettuale, hanno collaborato e collaborano:

Cons. Fabrizio Lobasso (Ministero Affari Esteri): co-progettazione, internazionalizzazione del progetto e rapporti istituzionali.

Prof. Elio Celone, Sig. Fulvio Drago, Prof. Enrico Mattarozzi, Sig. Palmiro Bernardo, Sig.ra Sabrina Celante, Sig. Stefano Ferrarese - Associazione "meno velocità più vita" (www.menovelocitapiuvita.com): co-progettazione e coordinamento iniziative per la prevenzione dei rischi su strada.

La conformità di intenti tra le istituzioni (Laboratorio ITALS e Teoria della Comunicazione e Associazione "meno velocità più vita") e le persone che hanno costruito questo progetto si concretizza nell'uso della canzone come strumento strategico per facilitare la comunicazione educativa (sia essa linguistica, letteraria o alla salute). Ci pare pertanto interessante presentare le parole del Prof. Enrico Mattarozzi (docente di lingua inglese presso il Liceo Artistico ISART di Bologna insieme al Prof. Celone) che, pensate per il rapporto tra canzone ed educazione alla salute, trovano straordinarie convergenze.

Questa la testimonianza dell'Associazione "meno velocità più vita": "per risintonizzarsi con i giovani, riavvicinarsi a loro nel tentativo di interagire e parlare, senza malintesi, abbiamo

fatto nostro il codice della canzone, del testo e delle parole in musica, del concerto. È un linguaggio autentico e significativo, i cui termini rivestono una valenza semantica, più diretta e comprensibile, in un processo di apprendimento-insegnamento focalizzante sul discente e conferentegli una maggiore consapevolezza del proprio ruolo partecipativo. Ci supporta un eclettismo di teorie psicolinguistiche, spazianti dalle metodologie comunicativo-funzionali-situazionali della lingua, sia in contesti reali sia poetico-letterari, ovvero non inclusi in 'enclaves' ascettici e congelati, bensì diretti all'anima, alle intelligenze multiple della scuola di Gardneriana, che sottendono differenti settori della umana attività di apprendere e sedimentare la conoscenza, interiorizzandoli.
Come l'artista, il docente dovrebbe poter sapere suonare armonicamente i tasti giusti per confezionare e facilitare l'acquisizione di messaggi, autentici, reali, comprensibili e memorizzabili. Non vi è dubbio alcuno che i dogmi didattici di mantenere l'attività vivace ('Keep it lively') e l'attenzione dello studente interessata, siano pienamente centrati attraverso l'uso attento e mirato delle canzoni, consentendo l'acquisizione di obiettivi plurifunzionali tramite la pratica di abilità integrate."

Sul piano glottodidattico ed educativo, hanno collaborato e collaborano:
Dott.ssa Barbara D'Annunzio: co-progettazione e co-realizzazione attività linguistiche e linguistico-culturali.
Prof.ssa Michela Andreani: co-progettazione e co-realizzazione attività linguistiche e linguistico-letterarie.
Prof.ssa Barbara Gramegna: co-progettazione e co-realizzazione attività linguistiche e linguistico-espressive.
Le espressioni, i modi di dire, le spiegazioni delle figure retoriche sono tratti da:
De Mauro T., 2000, Il dizionario della lingua Italiana, Paravia Bruno Mondadori, Milano.
Devoto G., Oli G. C., 2007, Vocabolario della lingua italiana, Le Monnier (by Mondadori Education), Milano.
Le regole grammaticali sono tratte o adattate da:
Mezzadri M., L'italiano essenziale, Guerra, Peurgia.

Sul piano informatico, il sito è stato progettato e realizzato da Giulio Toffoli per Businesslogic.
Sul piano artistico, hanno collaborato e collaborano:
Anna Toscano (foto copertina e foto sul sito), Maria Pia Montagna (disegni e dipinti), Narciso Simion (disegni e dipinti sul sito).

Sul piano musicale, hanno collaborato e collaborano:
Mº Francesco Sartori: produzione e supervisione artistica
Angelo Lacitignola: tastiere, pianoforte, programmazione
Davide Truccolo: tastiere, organo hammond, programmazione

Marco Celegon: basso
Alessandro Gardinale: basso
Luigi Marchi: chitarra
Marco Tagliaro: chitarra
Paolo Zambon: chitarra
Uccio Rizzo: batteria
Lorenzo Terminelli: batteria
Mauro Bonicelli: violino
Alessandro Fabbro: tromba
Lorenzo Catto: flauto traverso e sax
Nuovo Fronte del Vasco: Loris De Poli (voce), Alberto Fortuni (chitarra), Vladi Dimatore (basso), Uccio Rizzo (batteria), Davide Truccolo (tastiere). Visita il loro sito: www. nuovofronte.com
Claudio Corradini, Diego Soffia e lo staff dello studio Risonanze. Visita il loro sito: www. risonanze.it

Introduzione all'uso (per gli studenti)

Cari studenti e studentesse di italiano,
questo Cdlibro è uno strumento con il quale speriamo di farvi apprezzare lo studio della lingua, di aspetti della cultura e della letteratura italiana.
Con questo progetto però non vogliamo solo farvi imparare con piacere ma anche proporvi un modo nuovo di pensare l'italiano.
Vorremmo che l'italiano fosse per voi come una "casa", nella quale vi sentiate desiderosi di "abitare". Abitare una casa vuol dire avere libertà e regole perché altrimenti essa va lentamente in rovina. Per farlo, quindi, abbiamo lasciato degli oggetti utili (le attività) in alcune "stanze" (la grammatica, la cultura, la letteratura).
Oltre a queste stanze, ne abbiamo pensata una totalmente nuova. Una stanza da arredare come più vi piace, dove potete fare quel che più desiderate: cantare in italiano o nella vostra lingua, suonare, recitare, disegnare, ballare, dipingere, girare video, disegnare fumetti, scattare fotografie... Non importa che siate bravi, l'importante è che ci proviate con impegno e passione. Il risultato non conta; sono il percorso, le vostre emozioni e il vostro sforzo che hanno valore.
Questa stanza è sempre aperta e guarda verso tantissime altre stanze in tutto il mondo (pensate che gli studenti di italiano nel mondo sono circa 1 milione oltre agli studenti di italiano in Italia). Vi invitiamo quindi a far vedere a tutti il vostro "spazio" andando nel sito www.itals.it, entrando dentro la sezione "canzoni per apprendere: parole in viaggio" e "pubblicando" le vostre proposte.
Ci saranno poi dei forum e dei blog dove conoscere nuovi amici e comunicare in italiano, dove chiedere se avete dubbi di grammatica o dove potete proporre nuove idee per rendere il sito sempre più piacevole, coinvolgente ed interattivo.
Ci saranno anche dei blog riservati ai musicisti (e agli appassionati di musica) dove potrete parlare con i musicisti che hanno suonato nel disco, per sapere da loro le influenze musicali che hanno avuto, per avere dei consigli sull'uso della tecnica strumentistica e sullo studio dello strumento, per scoprire come hanno suonato delle parti che magari sono difficili da ripetere.
Infine, ci saranno dei concorsi per chi ama sfidare se stesso e essere valutato da commissioni di esperti.
Vorremmo che il sito fosse una casa di tutti in cui ognuno si sentisse "a casa sua". Per questo vi aspettiamo lì in attesa di incontrarci un giorno "dal vivo" magari in un'aula di italiano o su un palco.
Aspettiamo i vostri commenti sulle nostre canzoni e siamo curiosi di ascoltare le vostre voci, le vostre lingue d'origine, di vedere i vostri video, di leggere le vostre poesie, di imparare le vostre canzoni.
Grazie e buon italiano a tutti.

Fabio e tutti gli autori

1

Le attività

Fragile (l'ombra che resta)

1. Fragile (l'ombra che resta)

TESTO: Fabio Caon
MUSICA: Marco Celegon, Fabio Caon

Livelli degli studenti	A2/B1
Elementi lessicali	A2: aggettivi legati al tatto A2: verbi che si riferiscono al tempo atmosferico B1: termini (verbi e aggettivi) che si riferiscono ad eventi atmosferici
Elementi linguistico-grammaticali	A2: aggettivi qualificativi A2: articoli determinativi
Elementi linguistico-culturali ed interculturali	B1: modi di dire con le parole: ombra, notte
Elementi linguistico-letterari	Dal B1 in su: metafora
Elementi linguistico-espressivi	Tutti i livelli: tradurre e cantare nella propria lingua madre, cantare in italiano, comprendere e fotografare, riarrangiare e presentare in italiano le proprie scelte Dal B1 in su: scrivere un breve racconto

PRIMA DELL'ASCOLTO

Attività 0: A2/B1

 Lavora con un compagno.
Questa è un'immagine che Maria Pia Montagna ha realizzato pensando al titolo della canzone. Che legame c'è, secondo voi, tra l'immagine e il titolo della canzone?

Attività 1: A2/B1

Guarda le immagini: secondo te di cosa parla questa canzone?

Attività 2: A2/B1

 Lavora con un compagno.
Insieme pensate al titolo di questa canzone: "Fragile (l'ombra che resta)". Scrivete di
che cosa parla la canzone e spiegate il perché

"Per noi questa canzone parla di

Perché

Attività 3: A2/B1

Chiudi gli occhi, ascolta la canzone e pensa di dovere scegliere la copertina per il cd di questa canzone, scegli tra le immagini qui sotto:

1.

2.

3.

4.

5.

6.

7.

8.

Quale immagine hai scelto? Perché?

Che altro titolo daresti a questa canzone? Perché?

Attività 4: A2/B1

Questo è il testo di "Fragile". Mancano delle parole: ascolta e scrivile!

Sei la pioggia su di me
Che passa e .... fragile
Mentre cammino mi .... che
In questa notte tu sia qui .... me

Perché sei .... che resta
Sei la traccia che ....

Sei il vento dentro me
L'azzurro .... e le nuvole

Perché sei l'ombra che ....
Sei la .... che passa

Perché .... l'ombra che resta
Sei la traccia .... passa

Sei la ....

 Adesso lavora con un compagno.
Confrontate le vostre risposte; poi riascoltate la canzone e controllate definitivamente le vostre ipotesi.

Attività 5: A2/B1
Per gli studenti di livello A2:

Collega con una freccia gli oggetti o gli animali della colonna di sinistra alle parole della colonna di destra (guarda l'esempio).

Attenzione, ad ogni immagine si possono collegare più parole!

ispido   peloso   ruvido   duro

morbido   viscido   liscio

Per gli studenti di livello B1:

Secondo te, quali sono le parole del testo che fanno pensare ad un rumore?
Prova a scriverle qui sotto:

Attività 6: A2/B1

Per gli studenti di livello A2:
Leggi il testo della canzone e sottolinea con un colore gli articoli determinativi.
Inserisci gli articoli trovati nella casella corrispondente e completala.

Articoli determinativi

Maschili singolari	Femminili singolari
Maschili plurali	**Femminili plurali**

Per gli studenti di livello B1
Collega con una freccia i verbi a sinistra con i sostantivi a destra.
Attenzione! Ad ogni verbo si possono collegare più sostantivi

Soffiare	pioggia
Cadere	nebbia
Salire	
Sparire	
Splendere	vento
Alzare	neve
Scendere	sole

Attività 7: B1

Qui sotto trovi cinque insiemi che rappresentano i cinque sensi umani: il tatto, la vista, l'udito, l'olfatto, il gusto. Prova a mettere queste parole del testo della canzone dentro all'insieme che ti sembra corretto.

Attenzione! Ogni parola della lista può essere scritta in più insiemi corrispondenti

pioggia / notte / ombra / traccia / cammino / azzurro / terso / nuvole / vento

Vista

pioggia

azzurro

Gusto

Tatto

Olfatto

Udito

Pioggia

Attività 8: A2/B1

Per gli studenti di livello B1
Scrivi altre tre parole che conosci tu dentro ogni insieme dell'attività 7.

Per gli studenti di livello A2
Cerca nel crucipuzzle tutte le parole che si riferiscono al tempo. Guarda la lista a destra prima di iniziare!

R	E	Y	D	J	E	V	G	X	Q	X	I	N	O	Z
W	P	R	X	J	E	L	A	R	O	P	M	E	T	O
P	U	Y	J	R	M	I	O	T	A	R	F	V	G	M
K	U	M	K	D	G	N	N	S	S	N	Y	E	G	F
L	U	J	K	G	V	E	O	C	G	E	D	N	O	M
N	L	C	O	Q	V	H	U	R	B	X	P	I	I	C
D	V	I	K	S	E	K	T	T	T	D	V	M	N	J
O	P	R	Q	M	Q	B	O	M	J	U	C	L	E	E
J	V	P	A	A	X	I	Z	T	L	R	D	U	B	T
H	U	E	G	L	F	O	M	I	Y	K	G	F	B	U
Z	M	N	W	R	B	Z	D	Y	F	I	T	C	I	O
F	O	M	F	A	E	B	J	Z	E	N	D	Q	A	U
H	E	S	G	B	O	W	F	I	T	K	H	I	D	G
F	H	G	G	A	N	A	U	H	J	N	H	D	A	K
N	Y	L	Q	P	T	C	A	U	L	I	M	B	U	J

DILUVIO
FULMINE
GRANDINE
NEBBIA
NEVE
PIOGGIA
SOLE
TEMPESTA
TEMPORALE
TUONO
VENTO

Attività 9: dal B1 in su

Ora lavora con un compagno.
Confrontate le vostre parole; avete due minuti per mettere in totale 7 parole dentro ad ogni insieme dell'attività 7.

ATTIVITÀ LINGUISTICO-CULTURALI ED INTERCULTURALI

Attività 10: dal B1 in su
In italiano ci sono alcune espressioni, alcuni modi di dire, con la parola "notte". Prova a abbinare l'espressione con il suo significato corrispondente e scrivi sotto la lettera corrispondente al numero.

1. Peggio che andar di notte	A si usa per indicare una situazione che continua sempre, senza interruzione
2. Giorno e notte	B si usa per indicare situazioni pericolose e/o confuse
3. La notte dei tempi	C si usa per indicare un periodo indistinto o molto remoto

1. ....   2. ....   3. ....

Attività 11: dal B1 in su
Nella tua lingua madre (o nel tuo dialetto) ci sono espressioni o modi di dire con la parola "notte"? Scrivili qui sotto. Prova a fare una traduzione letteraria in italiano e poi a trascrivere l'espressione italiana corrispondente (se c'è).
Se non c'è (o non conosci) un'espressione italiana che abbia lo stesso significato, spiegalo nella casella corrispondente e poi confrontati con i tuoi compagni per vedere se siete d'accordo. Se loro parlano altre lingue, scopri con quali frasi esprimono questi concetti.

Espressione nella mia lingua madre	Traduzione letterale in italiano	Espressione simile in italiano	Significato

Vai ora nel sito www.itals.it, entra nella sezione "canzoni per apprendere: parole in viaggio" e vedi come inserire queste espressioni nello spazio appositamente dedicato. Scoprirai altre espressioni e modi di dire italiani.

Attività 12: dal B1 in su

In italiano ci sono alcune espressioni, alcuni modi di dire con la parola "ombra". Prova ad abbinare l'espressione con il suo significato corrispondente e scrivi sotto la lettera corrispondente al numero.

1. Senza ombra di dubbio	A si usa per indicare una persona che non vuole farsi notare
2. Tramare nell'ombra	B si usa per indicare una persona che ha timore in ogni situazione o evento
3. Essere l'ombra di qualcuno	C si usa per indicare un complotto di nascosto
4. Avere paura della propria ombra	D si usa per indicare una certezza assoluta
5. Stare nell'ombra	E si usa per indicare una persona che segue sempre un'altra

1. ----------------   2. ----------------   3. ----------------   4. ----------------   5. ----------------

Attività 13: dal B1 in su

Individua il significato dell'espressione scritta in corsivo: leggi la frase e scrivi che cosa significa secondo te.

"Non preoccuparti Luca, non devi decidere subito; *la notte porta consiglio,* domani ci vediamo e mi dici."

ATTIVITÀ LINGUISTICO-LETTERARIE

Attività 14: dal B1 in su
In questa canzone ci sono 5 metafore. La metafora è una figura retorica che "trasferisce il significato di una parola dal suo senso proprio ad un altro senso, figurato, che abbia però con il primo un rapporto di somiglianza" (es. sei un leone = sei forte come un leone: il leone è forte, tu sei forte, la caratteristica comune tra il primo e il secondo elemento è la forza). Individua tutte le metafore presenti nella canzone (es: sei l'ombra che resta).

Metafora 1: ....

Metafora 2: ....

Metafora 3: ....

Metafora 4: ....

Metafora 5: ....

Attività 15: dal B1 in su
Leggi queste immagini presentate nella canzone:
la pioggia che passa e resta
l'ombra che resta
la traccia che passa
(sei) l'azzurro terso e le nuvole
Individua qual è la caratteristica in comune fra le immagini e la persona a cui si rivolge il cantante. Qual è, secondo te, l'idea su cui la canzone si basa attraverso l'aiuto di queste immagini?

....

....

....

....

....

Adesso vai nel sito www.itals.it, entra nella sezione "canzoni per apprendere: parole in viaggio" e poi dentro questa canzone. Confronta la tua interpretazione con la videorisposta che dà Fabio Caon.

ATTIVITÀ LINGUISTICO-ESPRESSIVE

Attività 16: tutti i livelli
Ascolta la canzone e scatta delle fotografie che il testo ti suggerisce. Poi realizza un video con le fotografie che hai scattato. Vai nel sito www.itals.it, entra nella sezione "canzoni per apprendere: parole in viaggio" e poi dentro questa canzone. Vedi come partecipare al concorso "fotografa in italiano".

Attività 17: dal B1 in su
Crea un breve racconto in cui siano contenute queste 5 parole: *pioggia, ombra, vento, nuvole, traccia*.
Vai nel sito www.itals.it, entra nella sezione "canzoni per apprendere: parole in viaggio" e poi dentro questa canzone. Vedi come partecipare al concorso "racconti in italiano".

Attività 18: tutti i livelli
Utilizza la base nel Cd e canta la canzone in italiano. Vai nel sito www.itals.it, entra nella sezione "canzoni per apprendere: parole in viaggio" e poi dentro questa canzone. Vedi come partecipare al concorso "canta in italiano".

Attività 19: tutti i livelli
Utilizza la base nel Cd e traduci il testo della canzone nella tua lingua madre. Vai nel sito www.itals.it, entra nella sezione "canzoni per apprendere: parole in viaggio" e poi dentro questa canzone. Vedi come partecipare al concorso "traduci e canta".

Attività 20: per gli studenti musicisti di tutti i livelli
Risuona il brano da solo o con la tua band e ricanta la canzone. Poi vai nel sito www.itals.it, entra nella sezione "canzoni per apprendere: parole in viaggio" e poi dentro questa canzone per partecipare al concorso "riarrangia in italiano".

2

Le attività

Su la testa!

2. Su la testa!

TESTO E MUSICA: Fabio Caon

Livelli degli studenti	A2/C1
Elementi lessicali	A2: parti del corpo
Elementi linguistico-grammaticali	A2: verbi al modo indicativo presente e futuro semplice A2: morfologia singolare/plurale di sostantivi regolari ed irregolari C1: utilizzo dell'a- privativo C1: tipologia e funzione dei pronome enclitico personale (ti) e relativo (che)
Elementi linguistico-culturali ed interculturali	C1: uso figurato del sostantivo "testa"
Elementi linguistico-letterari	Dal B1 in su: figure retoriche di suono: rima, rima interna, assonanza, consonanza, allitterazione, anafora Dal B1 in su: figure retoriche di significato: la figura etimologica
Elementi linguistico-espressivi	Tutti i livelli: comprendere e ballare, inventare vocaboli in italiano che rispettino un principio etimologico e darne una definizione inventare un testo e cantare nella propria lingua madre, riarrangiare e presentare in italiano le proprie scelte, tradurre e cantare nella propria lingua madre, cantare in italiano

PRIMA DELL'ASCOLTO

Attività 1: A2/C1

La canzone s'intitola "su la testa!". Di cosa parla secondo te?
Scrivi la tua ipotesi:

Scrivi dentro il rettangolo 7 parti del corpo che conosci

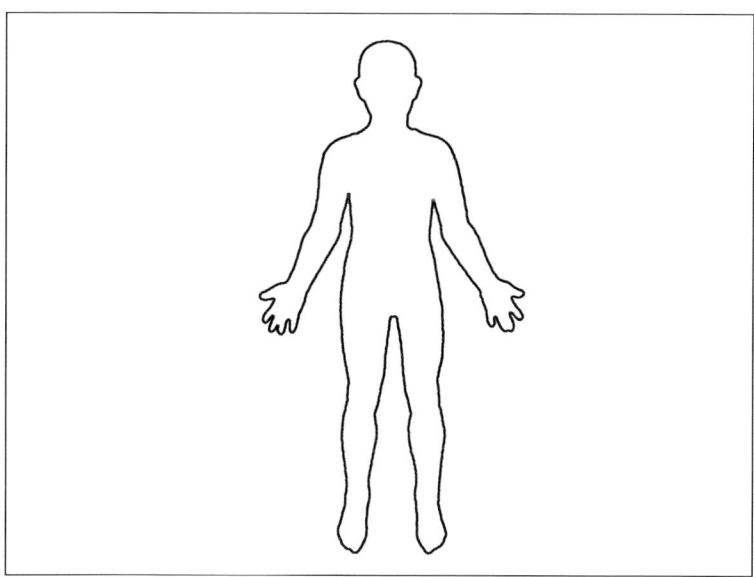

Solo per gli studenti di livello C1

Aggiungi altre 5 parti del corpo e scrivile qui sotto. Poi, in classe, presentale ai tuoi compagni mostrandogliele.

1. ---   4. ---

2. ---   5. ---

3. ---

Attività 2: A2/C1
Per gli studenti di livello A2

Questo è il testo di "Su la testa!". Mancano delle parole: ascolta e scrivile! Per aiutarti troverai le parole messe in disordine alla fine di ogni strofa e ritornello .

Muoviti il tuo tempo troverai

un ritmo che dentro hai riscoprirai

fai un .... che ti sbalza

a sinistra e poi a destra

che ti .... la testa e ti fa fare viceversa

se saprai pensare in ....

un senso troverai

se solo vorrai il tuo tempo ....

stai molto attento al tempo,

ai piedi, al ....

comincio lento e prendo il tempo ora ....

giù la testa su la testa .... la testa su la testa giù la ....

giù la testa su la testa giù la testa .... la testa giù la testa ....

giù /vai /controtempo /testa /va' /balzo /gira /su /troverai /movimento

musica la vita è prodiga di cacofonica ....

frutto dell'*afantasia*

di chi ci vuole

.... senza un nome

carni da carrello buone

per il .... delle idee nuove

fai attenzione fai ....

ama con ragione al ritmo della tua ....

e suonerai i suoni che tu ....

e il ritmo del tuo corpo tu da solo ....

vai

giù la testa su la testa giù la testa .... la testa giù la testa

giù la testa su la testa giù la testa su la testa giù la testa ....

giù la testa su la testa giù la testa su la testa .... la testa

giù la testa su la testa giù la testa su la testa giù la ....

su /passione /testa /persone /sai /ritmerai /vai /macello /follia /giù /opposizione

sono quello che sono

sono il sogno che ho

sono quello che ....

sono il sonno che non ho

sono quello che ....

sono quel che non so

sono quel che sono stato

sono quel che ....

sono il sogno senza ....

sono il segno di ogni ....

sono il vento di una stanza

quel che del silenzio ....

tu danza con me non c'è distanza

canta con me non c'è ....

giù la testa su la testa giù la testa su la testa .... la testa

giù la testa su la testa giù la testa su la testa giù la testa ....

giù la testa .... la testa giù la testa su la testa giù la testa

giù la testa su la testa giù la testa su la testa giù la testa

giù la testa su la testa giù la testa su la testa giù la testa

giù la testa su la testa .... la testa su la testa giù la testa vai

giù la testa su la testa giù la testa su la testa giù la testa

giù la testa su la testa giù la testa su la testa .... la testa!

su /distanza /sarò /sogno /giù /sbaglio /sono /su /avanza /giù /vai /sonno

Per gli studenti di livello C1:
Questo è il testo di "Su la testa!". Mancano delle parole: ascolta e scrivi!

Muoviti il tuo tempo troverai

un ritmo che dentro hai riscoprirai

fai un .... che ti sbalza

a sinistra e poi a destra

che ti .... la testa e ti fa fare viceversa

Se saprai pensare in ....

un senso troverai

Se solo vorrai il tuo tempo ....

Stai molto attento al tempo,

ai piedi, al ....

comincio lento e prendo il tempo ora ....

giù la testa su la testa .... la testa su la testa giù la ....

giù la testa su la testa giù la testa .... la testa giù la testa

musica la vita è prodiga di cacofonica ....

frutto dell'*afantasia*

di chi ci vuole

.... senza un nome

carni da carrello buone

per il .... delle idee nuove

fai attenzione fai ....

ama con ragione al ritmo della tua ....

e suonerai i suoni che tu ....

e il ritmo del tuo corpo tu da solo ....

vai

giù la testa su la testa giù la testa .... la testa giù la testa

giù la testa su la testa giù la testa su la testa giù la testa ....

giù la testa su la testa giù la testa su la testa .... la testa

giù la testa su la testa giù la testa su la testa giù la ....

sono quello che sono

sono il sogno che ho

sono quello che ....

sono il sonno che non ho

sono quello che ....

sono quel che non so

sono quel che sono stato

sono quel che ....

sono il sogno senza ....

sono il segno di ogni ....

sono il vento di una stanza

quel che del silenzio ....

tu danza con me non c'è distanza

canta con me non c'è ....

giù la testa su la testa giù la testa su la testa .... la testa

giù la testa su la testa giù la testa su la testa giù la testa ....

giù la testa .... la testa giù la testa su la testa giù la testa

giù la testa su la testa giù la testa su la testa giù la testa

giù la testa su la testa giù la testa su la testa giù la testa

giù la testa su la testa .... la testa su la testa giù la testa vai

giù la testa su la testa giù la testa su la testa giù la testa

giù la testa su la testa giù la testa su la testa .... la testa!

DOPO L'ASCOLTO

Attività 3: A2

Riascolta la canzone e sottolinea con due colori diversi i verbi al modo indicativo tempo presente e quelli al modo indicativo tempo futuro. Poi scrivili in questa griglia.
Leggi gli esempi della tabella in basso per ricordare i tempi presenti e futuro dei verbi.

verbi al modo indicativo tempo presente	verbi al modo indicativo tempo futuro

	ESSERE	VOLERE	TROVARE
MODO INDICATIVO TEMPO PRESENTE	sono siamo siete	voglio vogliamo volete	trovo troviamo trovate
MODO INDICATIVO TEMPO FUTURO	sarò saremo sarete	vorrò vorremo vorrete	troverò troveremo troverete

Attività 4: A2/C1

Ascolta tutta la canzone e trova altri verbi che NON siano all'indicativo presente o futuro. Poi scrivili in questa griglia.

Verbi che non sono al presente o al futuro

Per gli studenti di livello C1

Scrivi a che modo e a che tempo sono i verbi segnati nella griglia precedente (vebi NON all'indicativo presente o futuro).

Verbo nel testo	Tempo	Modo

Attività 5: A2

Prima scrivi il plurale di tutte le parti del corpo che hai scritto nell'attività 1, poi leggi quelle che seguono nella lista e dopo scrivi il plurale di tutte le parti del corpo!

testa   *teste*

---   ---

---   ---

---   ---

---   ---

---   ---

---   ---

occhio   ---

guancia   ---

ginocchio   ---

labbro   ---

spalla   ---

sopracciglio   ---

dito   ---

braccio   ---

orecchio   ---

Per gli studenti di livello C1:

Leggi queste due definizioni tratte dal dizionario e scrivi sotto a che parola si riferiscono. Le due parole sono nella lista di che trovi sotto le due definizioni:

a.   Attività psichica che ha luogo spontaneamente durante il sonno, (...) caratterizzata da un insieme di immagini, sensazioni e percezioni

Parola: --

b.   Stato di riposo fisico e psichico, caratterizzato dalla sospensione, completa o parziale, della coscienza e della volontà, dal rallentamento delle funzioni neurovegetative e dall'interruzione parziale dei rapporti sensomotori del soggetto con l'ambiente, indispensabile per il ristoro dell'organismo.

Parola: --

immaginazione /pensiero /sogno /dormiveglia /sonno /sensazione /emozione

Attività 6: A2/C1
Per gli studenti di livello A2:

Associa quattro parole che abbiano un collegamento logico con il termine "testa"; poi spiega ai compagni il perché delle associazioni che hai fatto.

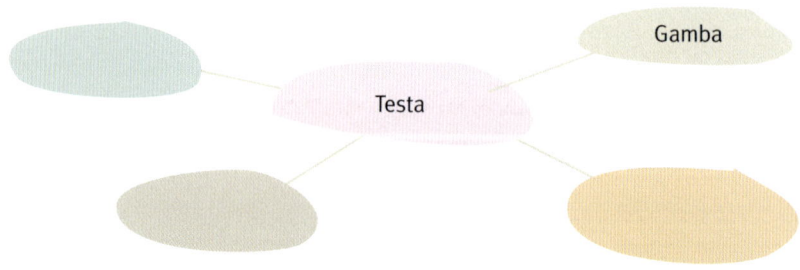

Testa + gamba: perché *sono parti del corpo*

Testa + ----------------------: perché --

Testa + ----------------------: perché --

Testa + ----------------------: perché --

Per gli studenti di livello C1:
In questa canzone c'è una parola inventata ma che risponde ad un principio etimologico.
Trovala, scrivila qui sotto e prova a spiegare la regola.

Trova altre 2 parole in cui si applica questa regola

1. --

2. --

Attività 7: A2/C1
Per gli studenti di livello A2:
Nel testo della canzone c'è un verbo che indica la ripetizione di un altro. Scrivilo qui sotto.

Adesso scrivi altri 3 verbi che indicano la ripetizione di un altro verbo.

1. --

2. --

3. --

Per gli studenti di livello C1:
1.Che differenza c'è, secondo te, tra la particella *ti* nella parola "muoviti" e nell'espressione
"ti sbalza"?

----

2. Che differenza di significato c'è, secondo te, tra la particella *ti* nell'espressione "ti sbalza"
e la particella *ti* nell'espressione "ti gira la testa"?

----

3. Secondo te la parola *che* nell'espressione "fai un balzo che ti sbalza" funziona come un soggetto o come un complemento oggetto? Perché?

----

4. Secondo te la parola *che* nell'espressione "la musica che sai" funziona come un soggetto o come un complemento oggetto ? Perché?

Attività 8: A2
Trasforma la canzone con i plurali corrispondenti (mantieni i tempi verbali usati nella verisone originale).

------------------------------ il ---------------------------- tempo ----------------------------

Un ritmo che dentro --

------------------------------ un balzo che---------------------------- sbalza

a sinistra e poi a destra

Che ------------------------------ gira la testa e ------------------------------ fa fare viceversa

Se------------------------------ pensare in controtempo

un senso ----------------------------

Se solo------------------------------ il ------------------------------ tempo ------------------------------

------------------------------ molto ------------------------------ al tempo,

ai piedi, al movimento

------------------------------ lento e ------------------------------ il tempo ora ------------------------------

giù la testa su la testa giù la testa su la testa giù la testa

giù la testa su la testa giù la testa su la testa giù la testa ------------------------------

musica la vita è prodiga di cacofonica follia

frutto *dell'afantasia*

di chi ------------------------------ vuole

persone senza un nome

carni da carrello buone

per il macello delle idee nuove

.... attenzione .... opposizione

.... con ragione al ritmo della .... passione

e .... i suoni che ....

e il ritmo del .... corpo .... da ....

....

giù la testa...

.... quello che ....

.... il sogno che ....

.... quello che ....

.... il sonno che non ....

.... quello che ....

.... quel che non ....

.... quel che ....

.... quel che ....

.... il sogno senza sonno

.... il segno di ogni sbaglio

.... il vento di una stanza

quel che del silenzio avanza

.... con .... non c'è distanza

.... con .... non c'è distanza

giù la testa...

ATTIVITÀ LINGUISTICO-CULTURALI ED INTERCULTURALI

Attività 9: dal B1 in su
In italiano ci sono espressioni e modi di dire con la parola "testa".
Collega con una freccia l'espressione con il suo significato.

Testa calda	persona che fa difficoltà a capire
Testa fine	persona testarda
Testa dura	persona bizzarra, eccentrica
Testa vuota	persona superficiale e sciocca
Testa quadra	persona impulsiva
Testa matta	persona molto intelligente
Testa di moro	persona ottusa, ostinata e ignorante
Testa di cavolo	poliziotto o militare specializzati contro il terrorismo
Testa di legno	colore marrone scuro
Testa di cuoio	persona estremamente stupida (è un insulto)
Avere la testa per aria	girarsi con l'automobile
Fare testa o croce	essere intelligenti
Fare un testa coda	giocare lanciando in aria una moneta
Avere testa	non avere concentrazione

Attività 10: dal B1 in su
Nella tua lingua madre (o nel tuo dialetto) ci sono espressioni o modi di dire con la parola "testa"? Scrivili qui sotto. Prova a fare una traduzione letteraria in italiano e poi a trascrivere l'espressione italiana corrispondente (se c'è).
Se non c'è (o non conosci) un'espressione italiana che abbia lo stesso significato, spiegalo nella casella corrispondente e poi confrontati con i tuoi compagni per vedere se siete d'accordo. Se loro parlano altre lingue, scopri con quali frasi esprimono questi concetti.

Espressione nella mia lingua madre	Traduzione letterale in italiano	Espressione simile in italiano	Significato

Vai ora nel sito www.itals.it, entra nella sezione "canzoni per apprendere: parole in viaggio" e poi dentro questa canzone. Vedi come inserire queste espressioni nello spazio appositamente dedicato. Scoprirai altre espressioni e modi di dire italiani.

ATTIVITÀ LINGUISTICO-LETTERARIE

Attività 11: dal B1 in su

In questa canzone ci sono molte figure retoriche di suono.
La figura retorica è, in generale, un qualsiasi artificio stilistico con il quale lo scrittore o il poeta organizzano il discorso in modo da allontanarne l'uso da quello quotidiano.
L'effetto ottenuto ha valore estetico e tende a conferire dei significati ulteriori, più profondi, al testo. Le figure retoriche si possono suddividere in 3 macrocategorie: figure di suono, figure di significato e figure di ordine.
Ecco alcune tra le più comuni figure retoriche di suono:
Rima: corrispondenza dei suoni che si determina tra due versi quando le loro parole finali sono identiche dall'accento tonico in poi. Ad esempio: mare/care
Trascrivi qui sotto le rime che trovi nel testo. *Attento!Possono non esserci rime!*

Rima interna: si ha la rima interna quando la rima collega l'ultima parola di un verso con una parola che si trova all'interno del verso stesso o di un verso successivo.

Trascrivi qui sotto le rime interne che trovi nel testo. *Attento! Possono non esserci rime interne!*

Attività 12: dal B1 in su

Altre due figure retoriche di suono sono l'assonanza e la consonanza. Si ha assonanza quando sono identiche le vocali nella parte terminale della parola a partire dall'ultima sillaba tonica, mentre le consonanti sono diverse. Ad esempio: tarde vacche.

Trascrivi qui sotto le assonanze che trovi nel testo. *Attento! Possono non esserci assonanze!*

Consonanza: si ha quando sono identiche le consonanti nella parte terminale della parola a partire dall'ultima sillaba tonica, mentre le vocali sono diverse. Ad esempio: vermiglie foglie.

Trascrivi qui sotto le consonanze che trovi nel testo. *Attento! Possono non esserci consonanze!*

Attività 13: dal B1 in su

Un'altra figura retorica di suono è l'allitterazione.
L'allitterazione è la ripetizione di vocali o consonanti o sillabe all'inizio o all'interno di parole vicine Ad esempio: fresco fruscio.

Sottolinea le allitterazioni che trovi nel testo (se ce ne sono di diverse dentro lo stesso verso, usa colori diversi).

Attività 14: dal B1 in su

La "figura etimologica" è una figura retorica per cui si accostano termini connessi tra loro etimologicamente (ad es. vivere una bella vita) o per significato simile (ad es. dormire un profondo sonno).

Cerca le figure etimologiche nel testo

Attività 15: dal B1 in su

L'"anafora" è una figura retorica che consiste nella ripetizione di una parola o di un gruppo di parole all'inizio di proposizioni o versi successivi.

Cerca le anafore nel testo.

Attività 16: dal B1 in su

Nella canzone ci sono tre ritornelli. I primi due terminano con l'espressione "giù la testa", mentre l'ultimo con l'espressione "su la testa". Perché secondo te?

Adesso vai nel sito www.itals.it, entra nella sezione "canzoni per apprendere: parole in viaggio" e poi dentro questa canzone. Confronta la tua interpretazione con la videorisposta che dà Fabio Caon.

ATTIVITÀ LINGUISTICO-ESPRESSIVE

Attività 17: dal B1 in su
Nell'attività 6 hai scoperto una regola etimologica. Prova ora ad inventare una parola in cui si applichi questa regola e a spiegare il suo significato come se fosse la definizione di un vocabolario. Puoi anche utilizzare una parola esistente trovando però un significato inventato.

Attività 18: tutti i livelli
Fai una coreografia di questa canzone da solo o con i tuoi compagni e realizza il tuo videoclip. Vai nel sito www.itals.it, entra nella sezione "canzoni per apprendere: parole in viaggio" e poi dentro questa canzone. Vedi come partecipare al concorso "balla in italiano".

Attività 19: tutti i livelli
Utilizza la base nel Cd e canta la canzone in italiano. Vai nel sito www.itals.it, entra nella sezione "canzoni per apprendere: parole in viaggio" e poi dentro questa canzone. Vedi come partecipare al concorso "canta in italiano".

Attività 20: tutti i livelli
Utilizza la base nel Cd e traduci il testo della canzone nella tua lingua madre. Vai nel sito www.itals.it, entra nella sezione "canzoni per apprendere: parole in viaggio" e poi dentro questa canzone. Vedi come partecipare al concorso "traduci e canta".

Attività 21: tutti i livelli
Utilizza la base nel Cd e inventa un testo della canzone nella tua lingua madre. Vai nel sito www.itals.it, entra nella sezione "canzoni per apprendere: parole in viaggio" e poi dentro questa canzone. Vedi come partecipare al concorso "inventa un testo e canta".

Attività 22: per gli studenti musicisti di tutti i livelli
Risuona il brano da solo o con la tua band e ricanta la canzone. Poi vai nel sito www.itals.it, entra nella sezione "canzoni per apprendere: parole in viaggio" e poi dentro questa canzone. Scopri come partecipare al concorso "riarrangia in italiano".

3

Le attività

Sulle strade di Varsavia

3. Sulle strade di Varsavia

TESTO: Fabio Caon
MUSICA: Angelo Lacitignola, Fabio Caon

Livelli degli studenti	B1/B2
Elementi lessicali	B1/B2: lessico concernente l'ambiente urbano
Elementi linguistico-grammaticali	B1/B2: interrogativa diretta B2: interrogativa indiretta
Elementi linguistico-culturali ed interculturali	Dal B1 in su: espressioni e modi di dire con la parola "strada"
Elementi linguistico-letterari	Dal B1 in su: tipologie testuali, corrispondenze tra testo e contenuto, collegamenti intertestuali
Elementi linguistico-espressivi	Tutti i livelli: fotografare, inventare un testo, scrivere una poesia partendo da alcune parole prefissate, tradurre e cantare nella propria lingua madre o in un'altra lingua, riarrangiare e presentare in italiano le proprie scelte, cantare in italiano, dipingere, disegnare

PRIMA DELL'ASCOLTO

Attività 1: B1/B2
Scrivi il nome di almeno 6 cose che vedi nell'immagine:

Attività 2: B1/B2:
Questa canzone si intitola "Sulle strade di Varsavia".
Di cosa parla secondo te?

Attività 3: B1/B2

Ascolta la canzone e numera le immagini che secondo te si possono collegare al testo. Mettile nella sequenza in cui appaiono nella canzone.

Attività 4: B1/B2

Prima di ascoltare la canzone, leggi le parole che vedi qui sotto e poi, mentre ascolti, sottolinea quelle che senti.

DOPO L'ASCOLTO

Attività 5: B1/B2
Per gli studenti di livello B1:
Leggi il testo della canzone e sottolinea tutte le domande.

Che cosa resta di quel che è stato?
Cosa trattiene il sangue tra le vene?
Chi si siede a rifarmi gli occhi?
Con quali occhi adesso guardo cosa viene?
Dove ti ho persa? In quale tempo?
Da che silenzio mi parlerai?
Vedrai, sarai uguale a come io ti avevo dimenticata
Vedrai...
Ma se mi parli di te soli in questa notte io e te
Io potrei cercare il perché dietro le parole per te
Che cosa resta di quel che è stato?
Quale presente adesso ha il mio passato?
Dove cammino a piedi nudi?
Su quali cocci tu taglierai
le mie parole inaspettate?
Come sole sulla pioggia scivolerai
Sulla mia strada fatta di nebbia
Perché *"nulla si sa tutto s'immagina"*
Ma se tu dormi con me chiusi dentro il buio io e te
Io ti guarderei ridere mentre il sonno chiude gli occhi tuoi
E intanto piove e nevica sulle strade di Varsavia
E piove e nevica
Ma se sogni con me pioggia nella notte
Noi senza più alcun perché come il bel rumore di vivere
Vivere...

Come avrai notato, le domande contenute nel testo della canzone iniziano con:
che
cosa
chi
dove
che cosa
quale
con quale
sono tutte domande dirette.

Prova tu a scrivere almeno 5 domande dirette che faresti ad una persona che hai amato e che adesso non vedi più.

1._____

2._____

3._____

4._____

5._____

Per gli studenti di livello B2:
Scrivi, seguendo il modello, almeno 6 domande indirette che faresti ad una persona che hai amato e che adesso no vedi più.

1. Le/gli chiederei se ogni tanto mi pensa ancora

2. Le/gli chiederei _____

3. Le/gli domanderei _____

4. Le/gli _____

5. Le/gli _____

6. Le/gli _____

Attività 6: B2
Abbina con una freccia le espressioni che leggi nella colonna a sinistra e alle definizioni della colonna di destra.

1. Con quali occhi adesso guardo cosa viene?	a. spero tu sia uguale a come ti ricordavo
2. Sarai uguale a come ti avevo dimenticata	b. adesso che valore ha il mio passato?
3. Che cosa resta di quel che è stato?	c. quando è finito il nostro amore?
4. Quale presente adesso ha il mio passato?	d. cosa rimane del nostro amore?
5. Dove ti ho persa? In quale tempo?	e. come posso affrontare adesso il futuro?

Attività 7: B1

Le parole scritte qui sotto si riferiscono ai vari tipi di strade. Numerali in ordine di grandezza (1 la strada normalmente più grande 5 la strada normalmente più piccola)

stradone /stradina /superstrada /autostrada /strada

Attività 8: B1/B2

Negli insiemi delle parole che seguono, cerca qual è l'intruso (Cioè la parola che non ha a che fare con l'insieme)? Gli studenti di livello B2 scrivano anche il nome ad ognuno degli insiemi:

viottolo / viuzza / viatico / viale / vicolo

Intruso:_____

Nome insieme:_____

piazza / piazzatta / campo / campiello / pezza

Intruso:_____

Nome insieme:_____

mobile / edifico / fabbricato / stabile / immobile

Intruso:_____

Nome insieme:_____

Cerca i verbi che ti servono a descrivere il tempo atmosferico!

CHE TEMPO FA?

A	D	K	K	W	M	V	U	A	G	Z	G	C	U	P
D	M	T	J	X	Y	C	L	W	D	Y	B	O	K	C
V	A	F	L	R	T	F	Z	R	I	D	R	O	Z	M
Z	X	Q	V	G	G	B	D	T	V	K	I	P	A	U
K	D	S	I	H	K	I	H	K	H	J	P	H	D	H
O	N	N	L	S	R	M	H	B	A	P	B	Q	U	X
K	C	K	I	J	Q	M	E	W	I	E	A	X	N	V
U	R	L	E	Z	A	F	G	D	I	O	Z	H	J	E
E	A	M	V	S	Y	R	I	W	G	I	U	X	D	W
V	J	C	O	I	X	L	T	J	Z	Z	U	F	Z	P
F	G	F	I	B	U	Q	U	W	F	Z	F	G	U	K
Y	K	N	P	V	R	W	O	A	A	N	Q	T	T	Q
N	U	W	I	B	E	I	N	N	P	G	S	Q	L	E
G	R	A	N	D	I	N	A	X	L	E	R	J	G	M
E	A	C	M	L	M	B	W	X	R	E	X	W	P	D

DILUVIA / GRANDINA / NEVICA / PIOVE / TUONA

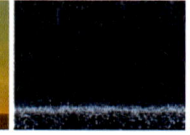

Attività 10: dal B1 in su

In italiano ci sono alcune espressioni, alcuni modi di dire, con la parola "strada".
Prova ad abbinare l'espressione con il suo significato corrispondente e scrivi sotto la lettera corrispondente al numero.

1. *Codice della strada:*
  a. il complesso di norme relative alla circolazione stradale
  b. le regole di vita delle persone che vivono in strada
  c. una serie di numeri che servono a trovare l'indirizzo di una persona sullo stradario

2. *L'uomo della strada:*
  a. l'uomo che si prostituisce
  b. la persona comune
  c. la persona che si conosce per strada

3. *Donna di strada:*
  a. la donna comune
  b. la donna che si prostituisce
  c. la donna molto disinibita

Attività 11: dal B1 in su

Collega con una freccia il modo di dire o l'espressione con la spiegazione corrispondente.

trovare la propria strada	indirizzare qualcuno sulla via del successo
trovarsi in mezzo ad una strada	raggiungere il successo
seguire la strada del vizio	trovare un'attività adatta ad esplicare le proprie capacità
aprire la strada a qualcuno	avere un tipo di comportamento disdicevole
farsi strada	essere senza casa o senza lavoro

Attività 12: B2

Prova a spiegare con parole tue l'espressione "essere fuori strada".

Attività 13: dal B1 in su

Nella tua lingua madre (o nel tuo dialetto) ci sono espressioni o modi di dire con la parola "strada"? Scrivili qui sotto. Prova a fare una traduzione letterale in italiano e poi a trascrivere l'espressione italiana corrispondente (se c'è).

Se non c'è (o non conosci) un'espressione italiana che abbia lo stesso significato, spiegalo nella casella corrispondente e poi confrontati con i tuoi compagni per vedere se siete d'accordo. Se loro parlano altre lingue, scopri con quali frasi esprimono questi concetti.

Espressione nella mia lingua madre	Traduzione letterale in italiano	Espressione simile in italiano	Significato

Vai ora nel sito www.itals.it, entra nella sezione "canzoni per apprendere: parole in viaggio" e poi dentro questa canzone. Vedi come inserire queste espressioni nello spazio appositamente dedicato. Scoprirai altre espressioni e modi di dire italiani.

ATTIVITÀ LINGUISTICO-LETTERARIE

Attività 14: dal B1 in su

Segna con una X l'affermazione che condividi.

1. La canzone, secondo te, è un testo
poetico / scientifico / divulgativo / narrativo

2. Questa canzone, secondo te, ha lo scopo di
raccontare /convincere /intrattenere /divertire /emozionare

3. Questa canzone, secondo te, racconta
di un amore finito /di un amore felice /di due amici

4. Questa canzone, secondo te, racconta
un storia inventata /una storia vera /una storia attuale /una storia passata

Attività 15: dal B1 in su
In questa canzone è stato inserito un frammento di uno scritto di un poeta portoghese:
Fernando Pessoa.
Il frammento è "nulla si sa, tutto si immagina".
Perché secondo te viene inserita questa citazione nel testo?

Attività 16: dal B1 in su
Cerca in internet i testi o i video di altre canzoni o poesie famose in cui vi sia il nome di una
città nel titolo, scegline una e fai un paragone con Sulle strade di Varsavia, seguendo queste
domande guida.
1. Com'è descritta la città? Trascrivi le parole e il verso in cui appaiono.
2. C'è un rapporto tra la città e i sentimenti del poeta/cantante? Che rapporto è? Trascrivi le
   parole o le espressioni che testimoniano le tue idee.
3. La canzone/poesia presenta delle figure retoriche che confermano le tue idee? Quali?
   Trascrivile.
4. Aggiungi delle considerazioni personali
Ti forniamo alcuni titoli famosi:

Canzoni	Poesie
Roma Capoccia (Antonello Venditti)	A Zacinto (Ugo Foscolo)
Napule è (Pino Daniele)	Verso Vienna (Eugenio Montale)
Livorno (Piero Ciampi)	San Martino del Carso (Giuseppe Ungaretti)
Genova per noi (Paolo Conte)	Trieste (Umberto Saba)
Firenze – canzone triste (Ivan Graziani)	Moschea di Damasco (Eugenio Montale)
Venezia (Francesco Guccini)	Contro Venezia passatista (Filippo Tommaso
Samarcanda (Roberto Vecchioni)	Marinetti)

ATTIVITÀ LINGUISTICO-ESPRESSIVE

Attività 17: tutti i livelli

Pensa ad una città e crea un disegno o un dipinto che abbia come titolo il nome della città che hai scelto. Vai nel sito www.itals.it, entra nella sezione "canzoni per apprendere: parole in viaggio" e poi dentro questa canzone. Vedi come partecipare al concorso "disegna e dipingi in italiano".

Attività 18: tutti i livelli

Utilizza la base nel Cd e canta la canzone in italiano. Vai nel sito www.itals.it, entra nella sezione "canzoni per apprendere: parole in viaggio" e poi dentro questa canzone. Vedi come partecipare al concorso "canta in italiano".

Attività 19: tutti i livelli

Utilizza la base nel Cd e traduci il testo della canzone nella tua lingua madre. Vai nel sito www.itals.it, entra nella sezione "canzoni per apprendere: parole in viaggio" e poi dentro questa canzone. Vedi come partecipare al concorso "traduci e canta".

Attività 20: tutti i livelli

Crea un poesia in cui siano contenute queste 3 parole: *immagina, silenzio, parole*. Vai nel sito www.itals.it, entra nella sezione "canzoni per apprendere: parole in viaggio" e poi dentro questa canzone. Vedi come partecipare al concorso "poesie in italiano".

Attività 21: tutti i livelli

Pensa alla tua città e cambia il testo (usa l'italiano). Poi scatta delle fotografie della tua città e realizza un video con le fotografie che hai scattato. Vai nel sito www.itals.it, entra nella sezione "canzoni per apprendere: parole in viaggio" e poi dentro questa canzone. Vedi come partecipare al concorso "la mia città in italiano".

Attività 22: per gli studenti musicisti di tutti i livelli

Risuona il brano da solo o con la tua band e ricanta la canzone. Poi vai nel sito www.itals.it, entra nella sezione "canzoni per apprendere: parole in viaggio" e poi dentro questa canzone. Scopri come partecipare al concorso "riarrangia in italiano".

4

Le attività
Il sangue
scorrere

4. Il sangue scorrere

TESTO E MUSICA: Fabio Caon

Livelli degli studenti	C1/C2
Elementi lessicali	C1: lessico utile a descrivere forma, prestazioni dell'automobile e, più in generale, di mezzi di trasporto
Elementi linguistico-grammaticali	C1: forma della domanda retorica
Elementi linguistico-culturali ed interculturali	Dal B1 in su: modi di dire e espressioni italiani che utilizzino le similitudini
Elementi linguistico-letterari	Dal B1 in su: ossimoro, metafora, similitudine, allitterazione, significato ed uso della domanda retorica
Elementi linguistico-espressivi	Per tutti i livelli: creare slogan su un tema prefissato, comprendere e recitare, riarrangiare e presentare in italiano le proprie scelte, dipingere, disegnare, declamare una poesia in italiano

Attività 1: C1/C2

Associa 5 parole per te positive e 5 negative al termine "velocità".

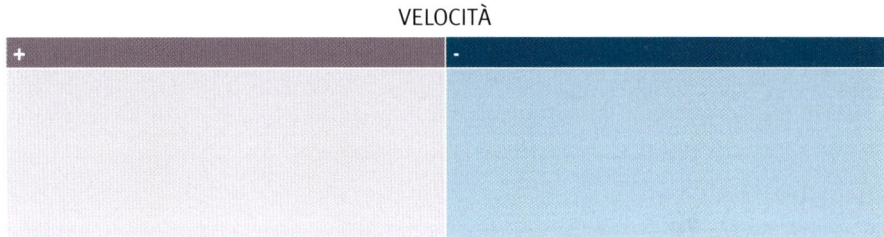

Attività 2: C1/C2

Questa canzone parla di automobili. Pensa all'automobile dei tuoi sogni e associa 5 verbi, 5 sostantivi e 5 aggettivi.

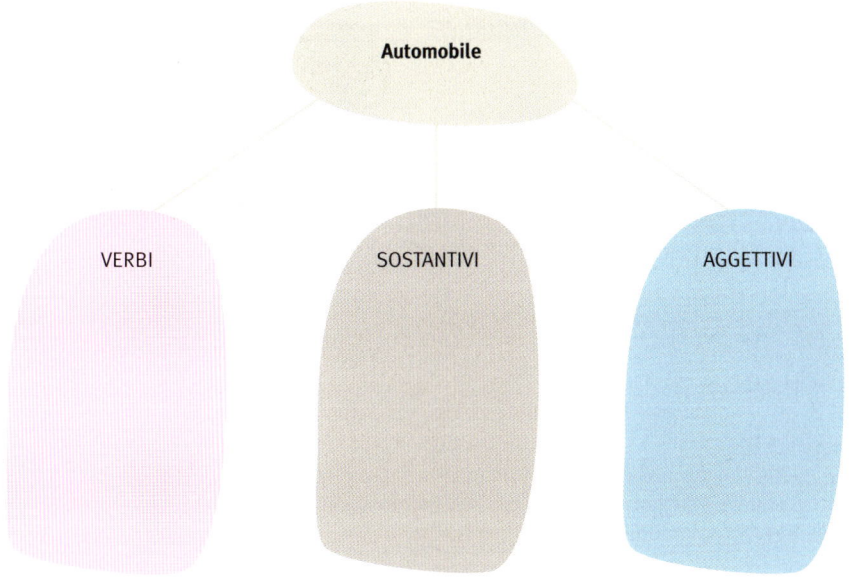

Attività 3: C1/C2

Correre in automobile ha anche dei rischi. Scrivi 3 regole che secondo te sono importanti da rispettare per evitare rischi nella guida:

Regola 1: ....

Regola 2: ....

Regola 3: ....

DURANTE L'ASCOLTO

Attività 4: C1/C2

Ascolta la canzone e rispondi a queste domande

Parte cantata iniziale
    a. Dove scorre il sangue?
    b. Come sarà, presto, ogni dolce fatica?

Parte RAP del coro
    c. Cosa succede quando mette in moto?
    d. Cosa fa il breve brivido?

Poesia
    e. Con cosa rode il morso?
    f. Cosa fa la grande voce?

DOPO L'ASCOLTO

Attività 5: C1/C2

In questa canzone è stato inserito un frammento di una poesia di Filippo Tommaso Marinetti, uno dei maggiori esponenti del movimento chiamato "futurismo". La poesia si intitola: "Ode all'automobile da corsa".

Scrivi tutti i verbi utilizzati nella canzone per descrivere l'automobile e le sue prestazioni.

Che cosa hanno in comune questi verbi?

ATTIVITÀ LINGUISTICO-CULTURALI ED INTERCULTURALI

Attività 6: dal B1 in su

Nell'attività 18 presenteremo una figura retorica: la similitudine. La similitudine consiste nel paragonare una cosa ad un'altra (ad es. Sei forte come un leone).
In italiano ci sono delle similitudini "convenzionali". Prova a scoprirle collegando con la freccia due termini delle due colonne come nell'esempio.

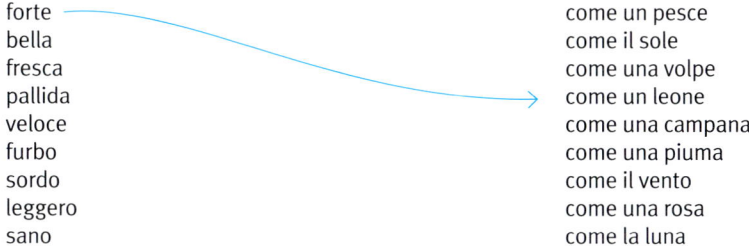

forte	come un pesce
bella	come il sole
fresca	come una volpe
pallida	come un leone
veloce	come una campana
furbo	come una piuma
sordo	come il vento
leggero	come una rosa
sano	come la luna

Attività 7: dal B1 in su

Nella tua lingua madre (o nel tuo dialetto) ci sono ci sono delle similitudini "convenzionali" come quelle che abbiamo presentato in italiano? Scrivile qui sotto.
Prova a fare una traduzione letterale in italiano e poi a trascrivere la similitudine italiana corrispondente (se c'è).
Dopo confrontati con i tuoi compagni. Se loro parlano altre lingue, scopri che similitudini usano per esprimere gli stessi concetti o concetti differenti.

Similitudine "convenzionale" nella mia lingua madre	Traduzione letterale in italiano	Similitudine simile in italiano	Significato

Vai ora nel sito www.itals.it, entra nella sezione "canzoni per apprendere: parole in viaggio" e poi dentro questa canzone. Vedi come inserire queste espressioni nello spazio appositamente dedicato. Scoprirai altre espressioni e modi di dire italiani.

Attività 8: dal B1 in su

In italiano ci sono alcune espressioni, alcuni modi di dire con la parola "sangue". Prova ad abbinare l'espressione con il suo significato corrispondente e scrivi sotto la lettera corrispondente al numero.

1. Fatto di sangue	A. sfruttare spietatamente
2. Avere sete di sangue	B. mostrare padronanza dei propri nervi
3. Cavar sangue da una rapa	C. omicidio, delitto
4. Succhiare il sangue	D. provare paura o spavento
5. Dimostrare sangue freddo	E. essere dominato da un furore vendicativo o distruttivo
6. Sentirsi salire (andare) il sangue alla testa	F. provare collera o furore
7. Sentirsi rimescolare (o gelare) il sangue	G. pretendere l'impossibile dalle capacità di qualcuno

1. .... 2. .... 3. ....
4. .... 5. .... 6. ....
7. ....

ATTIVITÀ LINGUISTICO-LETTERARIE

Attività 9: dal B1 in su

"Sangue scorrere" è una figura retorica di suono chiamata "allitterazione".
Come abbiamo già detto nella canzone "Su la testa!", l'allitterazione consiste nella
ripetizione di lettere o sillabe uguali in parole vicine specialmente all'inizio delle parole.
Cerca tutte le allitterazioni presenti nel testo della canzone (non della poesia contenuta) e
trascrivile qui sotto.

Quale allitterazione ti piace di più? Perché?

Attività 10: dal B1 in su

 Lavora con un compagno.
Quali aggettivi allitteranti abbinereste ai seguenti sostantivi?

	tremore
	tristezza
	brace
	uragano
	sconforto

Che sostantivi allitteranti abbinereste ai seguenti aggettivi?

gioioso	
serena	
tremendo	
splendida	
stonata	

Attività 11: dal B1 in su

"Non senti il sangue scorrere?" è una domanda che si definisce retorica perché presuppone una risposta già nota. Questo tipo di domanda si usa per rinfoirzare il messaggio che si vuol trasmettere.
Prova a formulare qui di seguito 3 domande retoriche sulla base degli esempi forniti.
Non vedi che è rosso?
Non capisci che è tardi?

Attività 12: dal B1 in su

"Dolce fatica" è una figura retorica di significato chiamata ossimoro.
L'ossìmoro (o ossimòro) consiste nell'"accostare parole che esprimono sensi abitualmente contrapposti (ad esempio una lucida follia)".
Cosa potresti dire di "ossimorico" con questi sostantivi?

Un odio   ---

Un fuoco   ---

Un santo   ---

Una morte   ---

Attività 13: dal B1 in su

Collega con una freccia le parole delle due colonne in modo da formare degli ossimori.

Lucida   triste
Felice   amara
Ghiaccio   follia
Sorriso   errore
Gioia   bollente

Lavora con un compagno.
Provate ad inventare tre ossimori

1. ....

2. ....

3. ....

Attività 14: dal B1 in su

"Il fatale falò" è una figura retorica di significato chiamata metafora (è anche una figura retorica di suono chiamata allitterazione come abbiamo già visto nella canzone "su la testa!").
La metafora consiste nel "trasferire il significato di una parola o di un'espressione dal senso proprio ad un altro figurato che abbia con il primo un rapporto di somiglianza" (ad es: "sei un leone", per dire "sei forte come un leone").
Spiega la metafora "la vita è un vento che viene". Che idea ti dà?

Attività 15: dal B1 in su

Adesso leggi questo testo e sottolinea le metafore.

Paolo entrò per la prima volta in quell'arena, non vedeva amici ma avversari. Si sentiva il cuore in gola. Prese posto con grande esitazione, tutti gli occhi puntati su di lui, si sentiva un'attrazione da baraccone, non sopportava quegli sguardi. Si rese conto che quella scelta era stata forzata. Non era certo una passeggiata fare l'esame di maturità a quarant'anni.

Attività 16: dal B1 in su

Come abbiamo già detto, in questa canzone è stato inserito un frammento di "Ode all'automobile da corsa", una poesia di Filippo Tommaso Marinetti.

Il futurismo elogiava la velocità. Infatti, nel manifesto programmatico del 1909 si legge: *"Noi affermiamo che la magnificenza dei mondo si è arricchita di una bellezza nuova: la bellezza della velocità. Un automobile da corsa...".*

Marinetti, nel manifesto "La nuova religione-morale della velocità", datato 11 maggio 1916, attribuisce alla velocità addirittura un valore morale oltre che estetico. Egli scrive: *"La velocità, avendo per essenza la sintesi intuitiva di tutte le forze in movimento è naturalmente pura. La lentezza, avendo per essenza l'analisi razionale di tutte le stanchezze in riposo, è naturalmente immonda."*

Perché, secondo te, è stato inserito questo frammento nella canzone? Qual era lo scopo?

Adesso vai nel sito www.itals.it, entra nella sezione "canzoni per apprendere: parole in viaggio" e poi dentro questa canzone. Cerca la risposta di Fabio Caon per confrontarla con la tua.

Che caratteristiche particolari ha questo frammento, dal punto di vista linguistico?

Che scopo hanno, secondo te, le scelte lessicali (uso di parole) e le scelte retoriche (uso di figure retoriche) fatte? Se hanno diversi scopi, spiegali uno ad uno.

Attività 17: dal B1 in su

1. Nel frammento della poesia, l'automobile è zoomorfizzata (cioè paragonata ad un'animale). Quali sono i termini che la fanno associare ad un animale? Scrivili qui sotto.

---

2. Leggendo la poesia si "sente" il rumore dell'auto. In italiano, le parole che imitano suoni o rumori naturali si chiamano onomatopee. Quali sono le parole che imitano il "suono" dell'automobile? Scrivile qui sotto.

---

3. Quali altre parole italiane conosci che si possano definire onomatopeiche? Scrivile qui sotto.

Attività 18: dal B1 in su

Nella poesia ci sono due parole scritte in modo diverso da quello corretto. Scrivile qui sotto e spiega perché, secondo te, Marinetti le ha scritte così.

Attività 19: dal B1 in su

La similitudine è una figura retorica che consiste nel "paragonare una cosa ad un'altra istituendo un rapporto di somiglianza" (ad es. Sei forte come un leone).

Trasforma la metafora "la vita è un vento che viene" in una similitudine.

Adesso crea delle similitudini con le espressioni qui sotto. Devi seguire questa struttura: aggiungere un aggettivo poi come e poi completare con la tua fantasia (es: un rischio forte come un pugno nello stomaco).

Un bacio _____

----

una corsa in auto _____

----

una notte in discoteca _____

----

un rischio _____

Attività 20: dal B1 in su

In questa canzone c'è una rima ricca ed interna ad un verso.

Come abbiamo già visto nella canzone "su la testa!" la rima interna si ha quando la rima (cioè l'identità fonica tra due parole a partire dalla sillaba tonica) collega l'ultima parola di un verso con una parola che si trova all'interno del verso stesso o di un verso successivo.

La rima ricca si ha quando sono identici anche uno o più suoni precedenti alla sillaba tonica (o "accentata").

Cercala nel testo e scrivila qui sotto.

Rima ricca: _____

Un calligramma

Osserva questa poesia visiva di Maria Pia Montagna, e poi fai l'attività 21 alla pagina seguente.

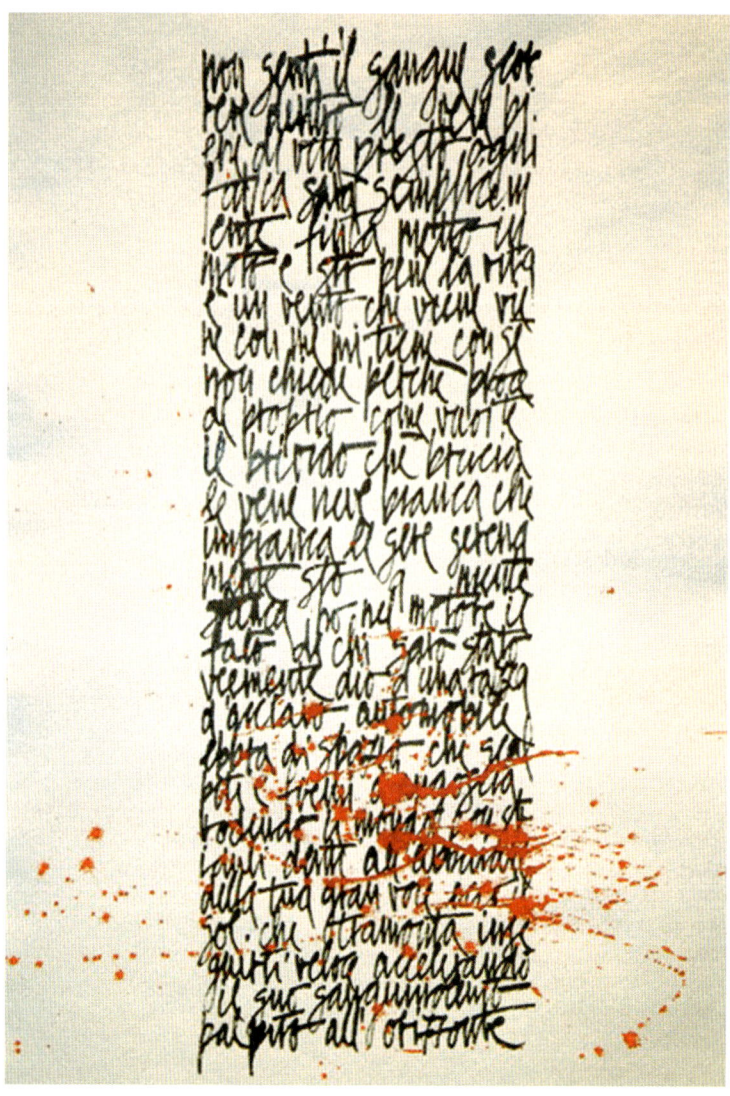

ATTIVITÀ LINGUISTICO-ESPRESSIVE

Attività 21: per tutti i livelli
Prova ora, utilizzando parole della canzone e della poesia a ideare uno slogan che inviti i giovani ad avere una guida prudente.

Il mio slogan:

Vai nel sito www.itals.it, entra nella sezione "canzoni per apprendere: parole in viaggio" e poi dentro questa canzone. Vedi le modalità del concorso "meno velocità più vita: uno slogan per prudenza".

Attività 22: per tutti i livelli
Alcuni poeti futuristi creavano dei calligrammi, cioè delle poesie in cui i versi venivano disposti in modo da formare un disegno.
Realizza il tuo calligramma con il testo della canzone da solo o con i tuoi compagni e poi vai nel sito www.itals.it, entra nella sezione "canzoni per apprendere: parole in viaggio" e poi dentro questa canzone. Vedi come partecipare al concorso "calligrammi in italiano". Lì troverai anche dei calligrammi già realizzati.

Attività 23: per tutti i livelli
Crea un disegno o un dipinto sul tema della velocità. Vai nel sito www.itals.it, entra nella sezione "canzoni per apprendere: parole in viaggio" e poi dentro questa canzone. Vedi come partecipare al concorso "disegna e dipingi in italiano"

Attività 24: per tutti i livelli
Recita la poesia e registra la tua voce sulla base. Poi vai nel sito www.itals.it, entra nella sezione "canzoni per apprendere: parole in viaggio" e poi dentro questa canzone. Vedi come partecipare al concorso "declama in italiano".

Attività 25: per gli studenti musicisti di tutti i livelli
Risuona il brano da solo o con la tua band e ricanta la canzone. Poi vai nel sito www.itals.it, entra nella sezione "canzoni per apprendere: parole in viaggio" e poi dentro questa canzone. Vedi come partecipare al concorso "riarrangia in italiano".

5

Le attività

Tra il bianco e il nero

5. Tra il bianco ed il nero

Testo: Fabrizio Lobasso, Fabio Caon
Musica: Fabrizio Lobasso

Livelli degli studenti	A2/B1
Elementi lessicali	A2: collocazioni lessicali dei verbi "aspettare", "camminare", "aumentare", accelerare", "fermare" B1: individuazione di contrari di alcuni verbi
Elementi linguistico-grammaticali	A2: verbi all'imperativo A2: costrutti utili a dare istruzioni B1: costruzione del periodo ipotetico di primo tipo (realtà) B1: funzioni della congiunzione subordinante "se" B1: particelle pronominali enclitiche (ci, ne)
Elementi linguistico-culturali ed interculturali	Dal B1 in su: espressioni e modi di dire contenenti colori
Elementi linguistico-letterari	Dal B1 in su: anafora, rapporto tra significato e scelte formali (retoriche e musicali)
Elementi linguistico-espressivi	Per tutti i livelli: cantare in italiano, comporre una poesia in italiano, tradurre e cantare nella propria lingua madre, fotografare, riarrangiare e presentare in italiano le proprie scelte

PRIMA DELL'ASCOLTO

Attività 0: A2/B1

Questa è un'immagine che Maria Pia Montagna ha realizzato dopo aver letto il testo della canzone.

Lavora con un compagno.
Rispondete a queste domande:

Cosa c'è nel dipinto? --

Cosa sta facendo la persona nel dipinto? --

Qual è il legame tra il titolo della canzone e il dipinto?

Vai nel sito www.itals.it, entra nella sezione "canzoni per apprendere: parole in viaggio" e poi dentro questa canzone. Confronta le tue risposte con quelle di Maria Pia Montagna.

Attività 1: A2/B1

Lavora con un compagno.
Scrivete il nome delle immagini che vedete. Poi trascrivete le parole dentro la tabella.
Decidete liberamente cosa, secondo voi, è bello/brutto/nero/bianco.

BIANCO	NERO	BELLO	BRUTTO

Attività 2: A2/B1
Per gli studenti di livello A2:

Quali cose o animali associ ai colori bianco e nero? Fai 3 esempi per il bianco e 3 per il nero
Se non conosci il nome degli oggetti puoi disegnarli.

BIANCO	NERO

 Lavora con un compagno.
Confrontate le vostre tabelle e scegliete solo due oggetti per completare la tabella
qui sotto. Scegliete due cose (o animali) neri o bianchi che vi piacciono per il titolo di
una canzone.

BIANCO	NERO

Per gli studenti di livello B1:

Quali concetti associ ai colori bianco e nero? Fai 3 esempi per il bianco e 3 per il nero

BIANCO	NERO

Lavora con un compagno.
Confrontate le vostre risposte e scrivete un nuovo concetto su cui siete d'accordo.

BIANCO	NERO

DURANTE L'ASCOLTO

Attività 3: A2/B1
Per gli studenti di livello A2:
Leggi le definizioni delle parole che seguono e ascolta la canzone. Mentre ascolti la canzone scegli i verbi da inserire negli spazi bianchi. Per ogni frase hai due possibilità, cancella quella da eliminare.
Nella seconda parte della canzone, riempi i buchi scrivendo le parole che senti.

cammina
Se ti dicono corri tu .... c'è tempo
galoppa

corri
Se ti dicono aspetta allora .... più che puoi..
salta

trova
Se ti dicono è giusto allora .... un errore
cerca

fa'
Se ti dicono sbagli sbaglia e .... come vuoi
va

cammina
Se ti dicono fermo tu .... più in fretta
corri

va
Se ti dicono svelto fermati e .... come vuoi
fa'

76

Se ti dicono accelera tu ___*fermati*___ c'è tempo
rallenta

Se ti dicono frena tu ___*accelera*___ più che puoi
aumenta

Vuoi chi dica il vero

vuoi chi ti _____ in quale metà

devi stare o nel bianco o nel nero

_____ chi abbia la verità...

Se ti dicono "è brutto" tu _____ il bello

Se ti dicono "è bello" trovane il brutto se _____

Se ti dicono "è bianco" tu _____ il nero

Se ti dicono "è nero" mostrane il bianco se _____

Vorresti chi non t'imponesse il vero

Cerchi chi _____ anche l'altra metà

Perché non _____ cosa è bianco e chi è nero

non lo sai dov'_____ la verità...

perché io voglio chi non m'_____ il vero

voglio chi _____ anche l'altra metà

_____ il bianco ed il nero

_____ dov'è la verità

_____ chi non m'imponga il vero

_____ chi mostri anche l'altra metà

_____ io tra il bianco ed il nero

_____ io la mia verità....

_____ io la mia verità!

Per gli studenti di livello B1

Ascolta di nuovo la canzone e riordina nel testo le frasi messe in disordine. Poi ascolta di nuovo la canzone per vedere se hai riordinato in modo corretto.

se ti dicono c'è tempo corri cammina	
aspetta corri Se ti dicono più che puoi	
dicono è giusto cerca un errore se ti	
se ti dicono sbaglia sbagli e come vuoi fa'	
se ti dicono più in fretta fermo tu cammina	
se svelto fermati e va ti dicono come vuoi	
accelera tu rallenta c'è tempo Se ti dicono	
frena tu ti dicono aumenta più che puoi se	
"è brutto" cercane il bello se ti dicono tu	
trovane il dicono brutto se puoi se ti "è bello"	
se ti dicono il nero "è bianco" tu vedici	
il bianco ti dicono "è nero" mostrane se se puoi	

DOPO L'ASCOLTO

Attività 4: A2/B1

 Lavora con un compagno.
Leggete tutto il testo della canzone e indicate con una X se le frasi sono vere o false.

1. La canzone invita a fare il contrario di quanto la gente ti vuole imporre   V   F
2. La canzone dice che in ogni cosa brutta c'è qualcosa di bello   V   F
3. Il significato della canzone è che non si devono rispettare le regole   V   F
4. La canzone vuol dire che dobbiamo pensare con la nostra testa   V   F

Attività 5: A2/B1
Per gli studenti di livello A2:

In questa canzone ci sono dei verbi all'imperativo che servono a dare istruzioni.
Sottolinea i verbi usati per dare istruzioni:

Se ti dicono corri tu cammina c'è tempo
Se ti dicono aspetta allora corri più che puoi
Se ti dicono è giusto allora cerca un errore
Se ti dicono sbagli sbaglia e fa' come vuoi
Se ti dicono fermo tu cammina più in fretta
Se ti dicono svelto fermati e va come vuoi
Se ti dicono accelera tu rallenta c'è tempo
Se ti dicono frena tu aumenta più che puoi

Adesso prova a riscrivere questo pezzo del testo della canzone alla seconda persona plurale, trasformandola così:

"se vi dicono correte voi camminate c'è tempo...

Se hai dubbi su come scrivere i verbi all'imperativo leggi prima qui sotto alcuni esempi:

	CORR**ERE**	CAMMIN**ARE**
tu	corr**i**	cammin**a**
voi	corr**ete**	cammin**ate**

Per gli studenti di livello B1:
collega con una freccia i verbi con i loro contrari

muoversi	dare
rallentare	spegnere
tirare	fermarsi
accendere	diminuire
aumentare	accelerare
prendere	nascondere
mostrare	spingere

Attività 6: A2/B1
Per gli studenti di livello A2

Guarda queste frasi. Cosa invitano a fare?
Se ti dicono corri: resta fermo
Se ti dicono alzati: resta seduto
Se ti dicono parla: resta in silenzio
Se ti dicono siediti: resta in piedi

"Tutte queste frasi invitano a

Quando le persone della tua famiglia ti chiedono di fare qualcosa tu come ti comporti?

Racconta le tue abitudini scrivendo almeno 5 frasi, leggi prima l'esempio.

Esempio: Se mio papà mi dice "non mangiare troppo" io mangio pochissimo.

1. --

2. --

3. --

4. --

5. --

Per gli studenti di livello B1:

La congiunzione subordinante 'se' può avere diverse funzioni (condizionale, interrogativa indiretta ecc.), completa le seguenti frasi e determina di volta in volta la sua funzione

- Se ti sbrighi, ...

- Se tu rallentassi, ...

- Non so se passare con il rosso ....

- Se non ti allacci la cintura, ...

- Se hai bevuto troppo, ...

Attività 6: B1

Individua la funzione delle particelle "ci" e "ne" in ogni frase scritta nella tabella. Metti una crocetta nella casella corrispondente. Leggi prima l'approfondimento grammaticale e poi completa la tabella nella pagina seguente.

Approfondimento grammaticale: le particelle pronominali "ci" e "ne".

"Ci" si usa con il significato di "qui" e "lì" per sostituire una determinazione di luogo (esprime in questo caso un complemento di "moto a luogo" o di "stato in luogo").
Es. Andrai alla festa? Sì, ci andrò (moto a luogo)
Es. Conosci bene Roma? Sì, ci ho abitato per due anni (stato in luogo)

"Ci" si usa anche con verbi che reggono le preposizioni "a" (pensare a) "su" (contare su) con il significato di a/su questo/lui/lei/loro
Es. Stai pensando alle vacanze? Sì ci sto pensando da un pezzo (ci= a loro)
Es. Posso contare su di voi per organizzare la festa? Sì ci puoi contare (ci= su questo)

"Ne" si usa per sostituire un complemento o un'intera frase introdotta da "di" o "da" con il significato di "di/da questo/lui/lei/loro (complemento di argomento), da questo luogo (complemento di moto da luogo).
Es. Ti ricordi delle nostre feste? Certo me ne ricordo (ne= di loro)
Es. Sei mai stato a Venezia? Ne son tornato proprio ieri sera (ne= da questo luogo)

"Ne", infine, si usa per indicare una parte di una quantità e sostituisce un nome. Si chiama, in questo caso, partitivo.
Es. Quanta aranciata hai bevuto? Ne ho bevuta un sacco! (ne= di aranciata)

Verso nella canzone	Moto a luogo	Stato in luogo	Moto da luogo	Partitivo
1. Se ti dicono "è brutto" tu cercane il bello				
2. Se ti dicono "è bello" trovane il brutto se puoi				
3. Se ti dicono "è bianco" tu vedici il nero				
4. Se ti dicono "è nero" mostrane il bianco se puoi				
5. Sono stato in centro, ne torno ora				
6. Non sono ancora stato al mare ma ci andrò la prossima settimana				
7. Sono arrivato lì alle due e ci son rimasto fino alle cinque				
8. Ne siamo venuti via molto stanchi				

Attività 7: A2

Trascrivi i nomi che trovi qui sotto nei riquadri giusti della tabella.
Fai attenzione! Nella lista ci sono degli intrusi. Leggi l'esempio prima di iniziare!

*orologio /treno /amico /peso /automobile /aereo /acqua /serpente /bambino /leone /
penna /computer /albero /lettera /telefonata /prezzo /fiori*

Aspettare	camminare	aumentare	accelerare	fermare
treno				

Attività 8: B1

In italiano l'espressione "vorrei che" manifesta un desiderio di possibile realizzazione (ma non scontata) o di impossibile realizzazione. Cosa vorresti tu in questo momento che ha poca probabilità di avverarsi?

Vorrei che ....

Vorrei che ....

Vorrei che ....

L'espressione "voglio che" manifesta un desiderio di possibile realizzazione con una probabilità più alta che questo si avveri (almeno per il fatto che tutti i dati oggettivi si realizzino).

Voglio che tu .... (*venire*) da me

Voglio che questa serata .... (*finire*) bene.

Voglio un'auto che .... (*dare*) sicurezza.

ATTIVITÀ LINGUISTICO-CULTURALI ED INTERCULTURALI

ATTIVITÀ 9: dal B1 in su

In italiano vi sono diverse espressioni formate con dei colori. Collega con una freccia l'espressione alla definizione o alla parola corrispondenti.

Andare	il conto bancario in rosso
Lavorare	al verde
Leggere	in bianco
Avere	in bianco
Mangiare	un giallo
Essere	in nero

ATTIVITÀ 10: dal B1 in su

Sottolinea la parola corretta.

Quando una persona è bambina o giovane, la sua età è

rossa	verde	rosa	azzurra

Quando si pensa sempre in modo molto negativo, si vede tutto in

bianco	blu	nero	viola

Quando si prova molta rabbia, si vede tutto

rosa	nero	rosso	bianco

Attività 11: dal B1 in su

Nella tua lingua madre (o nel tuo dialetto) ci sono espressioni o modi di dire con i colori? Scrivili qui sotto. Prova a fare una traduzione letterale in italiano e poi a trascrivere l'espressione italiana corrispondente (se c'è).
Se non c'è (o non conosci) un'espressione italiana che abbia lo stesso significato, spiegalo nella casella corrispondente e poi confrontati con i tuoi compagni per vedere se siete d'accordo. Se loro parlano altre lingue, scopri con quali frasi esprimono questi concetti.

Espressione nella mia lingua madre	Traduzione letterale in italiano	Espressione simile in italiano	Significato

Vai ora nel sito www.itals.it, entra nella sezione "canzoni per apprendere: parole in viaggio" e poi dentro questa canzone. Vedi come inserire queste espressioni nello spazio appositamente dedicato. Scoprirai altre espressioni e modi di dire italiani.

ATTIVITÀ LINGUISTICO-LETTERARIE

ATTIVITÀ 12: dal B1 in su

In questa canzone è stato inserito un frammento di una poesia del poeta spagnolo Antonio Machado, intitolata (in italiano) "Viandante".
Perché, secondo te, è stata scelta questa poesia?

Ora vai nel sito www.itals.it, entra nella sezione "canzoni per apprendere: parole in viaggio" e poi dentro questa canzone. Confronta la tua risposta con quella di Fabio Caon in video.

ATTIVITÀ 13: dal B1 in su
L'"anafora" è una figura retorica che consiste nella ripetizione di una parola o di un gruppo di parole all'inizio di proposizioni o versi successivi. Tre sono: "se ti dicono", "vuoi", "voglio"; ne manca una: trovala!
Anafora: --

ATTIVITÀ 14: dal B1 in su
Qual è, a tuo parere, il messaggio di questa canzone? Trova nelle parole del testo la giustificazione della tua ipotesi.

Secondo te c'è un legame tra le anafore scelte e il singificato della canzone? Ti diamo un suggerimento: pensa in quale persona sono espresse le voci verbali che costituiscono le anafore...

Ora vai nel sito www.itals.it, entra nella sezione "canzoni per apprendere: parole in viaggio" e poi dentro questa canzone. Confronta la tua risposta con le parole di Fabio Caon in video.

ATTIVITÀ 15: dal B1 in su

Ad un certo punto, la canzone "sale" di un tono (dal LA al SI). Questa scelta di arrangiamento non è causale ma ha un valore legato al testo; secondo qual è il suo scopo?

Ora vai nel sito www.itals.it, entra nella sezione "canzoni per apprendere: parole in viaggio" e poi dentro questa canzone. Confronta la tua risposta con le parole di Fabio Caon in video.

ATTIVITÀ LINGUISTICO-ESPRESSIVE

Attività 16: tutti i livelli

Ascolta la canzone e realizza un video-fotoromanzo con fotografie che rappresentino il testo. Devi anche far apparire il testo della canzone assieme alle foto. Poi vai nel sito www.itals.it, entra nella sezione "canzoni per apprendere: parole in viaggio" e poi dentro questa canzone. Vedi come partecipare al concorso "fotoromanzo in italiano".

Attività 17: tutti i livelli

Crea un poesia che abbia come titolo "In bianco e nero". Vai nel sito www.itals.it, entra nella sezione "canzoni per apprendere: parole in viaggio" e poi dentro questa canzone. Vedi come partecipare al concorso "poesie in italiano".

Attività 18: tutti i livelli

Utilizza la base nel Cd e canta la canzone in italiano. Vai nel sito www.itals.it, entra nella sezione "canzoni per apprendere: parole in viaggio" e poi dentro questa canzone. Vedi come partecipare al concorso "canta in italiano".

Attività 19: tutti i livelli

Utilizza la base nel Cd e traduci il testo della canzone nella tua lingua madre. Vai nel sito www.itals.it, entra nella sezione "canzoni per apprendere: parole in viaggio" e poi dentro questa canzone. Vedi come partecipare al concorso "traduci e canta".

Attività 20: per tutti i livelli

Recita la poesia e registra la tua voce sulla base. Poi vai nel sito www.itals.it, entra nella sezione "canzoni per apprendere: parole in viaggio" e poi dentro questa canzone. Vedi come partecipare al concorso "declama in italiano".

Attività 21: tutti i livelli

Ascolta la canzone e scatta una fotografia che secondo te rappresenti il testo. Poi vai nel sito www.itals.it, entra nella sezione "canzoni per apprendere: parole in viaggio" e poi dentro questa canzone. Vedi come partecipare al concorso "fotografa in italiano".

Attività 22: per gli studenti musicisti di tutti i livelli

Risuona il brano da solo o con la tua band e ricanta la canzone. Poi vai nel sito www.itals.it, entra nella sezione "canzoni per apprendere: parole in viaggio" e poi dentro questa canzone. Vedi come partecipare al concorso "riarrangia in italiano".

6

Le attività

Ruvida estate

6. Ruvida estate

TESTO: Fabio Caon
MUSICA: Fabrizio Lobasso, Fabio Caon

Livelli degli studenti	A2/B1
Elementi lessicali	A2/B1: lessico descrittivo (verbi, sostantivi, aggettivi) riferito alle stagioni, in particolare all'estate
Elementi linguistico-grammaticali	A2/B1: aggettivi qualificativi
Elementi linguistico-culturali ed interculturali	Dal B1 in su: uso figurato degli aggettivi sporco, lindo, caldo, ruvido, morbido
Elementi linguistico-letterari	Dal B1 in su: similitudine, rapporto tra poesia e canzone, rapporto tra significato e scelte formali (retoriche e musicali)
Elementi linguistico-espressivi	Per tutti i livelli: scrivere e declamare una poesia in italiano, cantare in italiano, tradurre e cantare nella propria lingua materna, disegnare e dipingere, riarrangiare e presentare in italiano le proprie scelte.

PRIMA DELL'ASCOLTO:

Attività 1: A2/B1
Cosa associ al termine ruvido/a?
Scrivi le tue associazioni, leggi prima l'esempio.

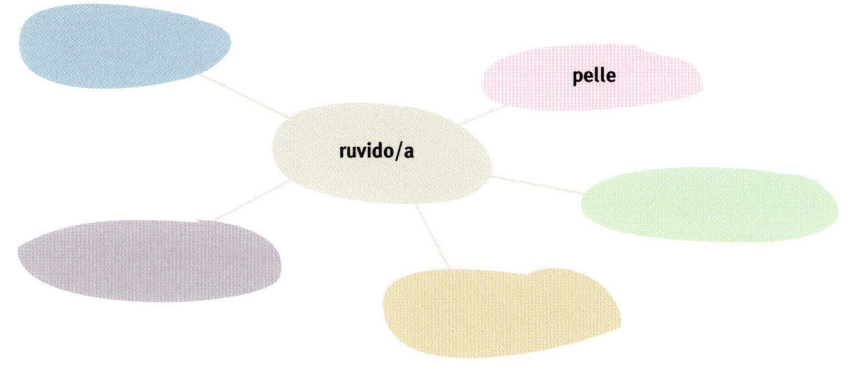

Questa canzone s'intitola "Ruvida estate". Di cosa parla secondo te? Perchè?

Attività 2: A2/B1
Pensa all'estate e scrivi nel cerchio tutte le parole che associ all'estate. Scrivine anche 3
nella tua lingua e di cui non sai la traduzione in italiano. Con i compagni e il tuo insegnante,
poi, potrai provare a tradurle.

Attività 3: A2/B1

Questo è il testo di "Ruvida estate". Mancano delle parole: ascolta e scrivile!

Estate sporca estate
è stata colpa mia
Estate ruvida estate
è stata .... sua

Poesia sia quello che ....
e quel che è stato ancora sia
.... sia quello che resta
della .... l'allegria,
la nostalgia

Estate *l*inda estate è stata una ....
Estate morbida estate .... una poesia

Poesia sia quello che è stato
e quel che .... ancora sia
Poesia sia quello che è stato
e quel che è stato più non sia
E quel che è stato ....

Poesia sia rabbia che ....
Contro il "reo tempo" che .... via

"il poeta è un fingitore
... così completamente
che arriva a .... che è dolore
il dolore che davvero..."
"questa è la poesia: .... senza musica"
cantare senza ....

Poesia sia chi io ....
e chi son stato io più non sia
Poesia sia chi non ....
e chi son stato io ancora ....

Attività 4: A2/B1
Per gli studenti di livello B1

Ascolta la canzone e disponi sulle colonne della tabella qui sotto le parole che senti.
Disponi le parole secondo le categorie della tabella per come le senti tu:

Ti sembra di vedere l'immagine di:	Ti sembra di sentire il profumo/l'odore di:	Ti sembra di toccare:	Ti sembra di sentire il suono/rumore di:

noiosa   soffocante   bella

afosa   divertente

linda   ruvida   PIOVOSA

breve   morbida   lunga   calda

Per gli studenti di livello A2

Leggi le parole che vedi qui sotto e, mentre ascolti la canzone, sottolinea quelle che senti.

Attività 5: A2/B1

Chiudi gli occhi, ascolta la musica della canzone e scrivi le sensazioni che questa canzone ti dà.
Ti sembra allegra? Triste? Perché?

DOPO L'ASCOLTO

Attività 6: A2/B1

 Lavora con un compagno.
Scrivete 3 verbi, 3 sostantivi e 3 aggettivi associati alla parola "estate".
Ognuno propone una parola di ogni categoria; la terza deve piacere a tutti e due.

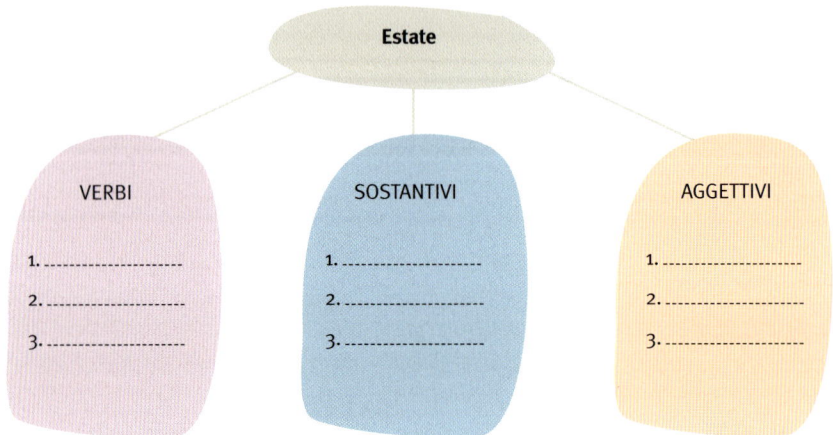

Attività 7: A2/B1
Abbina l'aggettivo con la sua definizione e scrivi sotto la lettera corrispondente al numero

1. Morbida	A. che si trova a temperatura superiore a quella normale o abituale
2. Linda	B. che toglie il respiro
3. Ruvida	C. che presenta caratteristiche di cedevolezza o delicatezza al tatto o alla pressione
4. Sporca	D. persona molesta; fatto che costituisce motivo insistente di fastidio o di disagio
5. Calda	E. contrastante con l'igiene
6. Noiosa	F. aspra al tatto
7. Soffocante	G. perfettamente pulita

1. _____
2. _____
3. _____
4. _____
5. _____
6. _____
7. _____

Attività 8: A2/B1

Nella canzone vi sono alcuni aggettivi qualificativi. Trascrivili qui sotto e trova il loro contrario

Aggettivi qualificativi nel testo	I loro contrari
1	1
2	2
3	3
4	4

Attività 9: A2/B1

Per gli studenti di livello A2

Collega con una freccia gli aggettivi qualificativi al loro contrario

Simpatico	lento
Giovane	vecchio
Bello	scortese
Alto	antipatico
Veloce	brutto
Gentile	basso

Per gli studenti di livello B1

Abbina l'aggettivo qualificativo della colonna di destra alle parole della colonna di sinistra. Attenzione! In alcuni casi non tutte le parole si possono abbinare all'aggettivo.

Letto Cuscino Padre Carattere Legno Dolce Pane Dente Vetro Cemento	**MORBIDO**
Pelle Persona Spugna Foglia Copertina Casa Acqua Luna	**RUVIDA**
Faccenda Faccia Politica Mano Spiaggia Acqua Barzelletta Coscienza	**SPORCA**
Stanza Scuola Scrittura Amicizia Acqua Frutta Caduta Pizza	**LINDA**

Attività 10: A2/B1

Metti gli aggettivi che, secondo te, esprimono qualità positive dentro la casella "Aggettivi +",
quelli che esprimono qualità negative dentro al casella "Aggettivi–", quelli che esprimono
qualità neutre, non negative né positive dentro al casella "Aggettivi =".
Alla fine confrontati con i compagni per vedere se ci sono differenze.

Aggettivi +	Aggettivi –	Aggettivi =
Simpatico	Antipatico	

Attività 11: A2/B1

Scrivi un tuo ricordo dell'estate legato ad ogni senso.

Un odore d'estate

Per me l'estate è ....

Un'immagine d'estate

Per me l'estate è ....

Un suono d'estate

Per me l'estate è ....

Un gusto d'estate

Per me l'estate è ....

Una cosa toccata d'estate

Per me l'estate è ....

ATTIVITÀ LINGUISTICO-CULTURALI ED INTERCULTURALI

Attività 12: dal B1 in su
Per ogni frase, scegli il significato corretto.

1. È un insegnante troppo morbido
a. è un insegnante troppo grasso
b. è un insegnante che non sa insegnare
c. è un insegnante poco severo

2. Una scrittura linda
a. una scrittura molto chiara
b. una scrittura che riguarda una ragazza di nome Linda
c. una scrittura veloce

3. Avere maniere ruvide
a. avere un modo di comportarsi gentile
b. avere un modo di comportarsi scontroso e rude
c. avere un modo di comportarsi da anziano

4. Una notizia calda calda
a. una notizia recente
b. una notizia pericolosa
c. una notizia drammatica

5. Battere il ferro finché è caldo
a. lavorare il ferro sul fuoco
b. continuare a fare una cosa che si sta facendo
c. insistere in un'azione quando i primi risultati sembrano più che
   soddisfacenti

6. Una testa calda
a. una persona con la febbre
b. una persona irrequieta
c. una persona calva

7. Tenere in caldo un progetto
a. tenere un progetto segreto
b. fare un progetto per il sud Italia
c. tenere un progetto sempre disponibile in attesa del momento opportuno

8. Non mi fa né caldo né freddo
a. non sento mai caldo né freddo
b. mi lascia indifferente
c. c'è una temperatura piacevole

Attività 13: dal B1 in su
L'aggettivo "sporco" ha molti sensi figurati (cioè non letterali, non usati nel significato primo
di "non igienico") e si trova in alcune espressioni comuni in lingua italiana. Collega con una
freccia l'espressione alla definizione o alla parola corrispondenti.

Avere la fedina penale sporca   corrotta
Avere la coscienza sporca   commettere un'azione spregevole
Uno sporco individuo   volgare
Politica sporca   sentirsi in colpa
Una barzelletta sporca   avere precedenti penali
Farla sporca   una persona immorale

Attività 14: dal B1 in su
Nella tua lingua madre (o nel tuo dialetto) ci sono espressioni o modi di dire che esprimono
gli stessi concetti? Scrivili qui sotto. Prova a fare una traduzione letterale in italiano e poi a
trascrivere l'espressione italiana corrispondente (se c'è).
Se non c'è (o non conosci) un'espressione italiana che abbia lo stesso significato, spiegalo
nella casella corrispondente e poi confrontati con i tuoi compagni per vedere se siete
d'accordo. Se loro parlano altre lingue, scopri con quali frasi esprimono questi concetti.

Espressione nella mia lingua madre	Traduzione letterale in italiano	Espressione simile in italiano	Significato

Vai ora nel sito www.itals.it, entra nella sezione "canzoni per apprendere: parole in viaggio" e poi dentro questa canzone. Vedi come inserire queste espressioni nello spazio appositamente dedicato. Scoprirai altre espressioni e modi di dire italiani.

ATTIVITÀ LINGUISTICO-LETTERARIE

Attività 15: dal B1 in su

In questa canzone c'era un verso che è stato tagliato. Era questo:
"Poesia sia il senso tra i sensi /celeste è il gusto della magia". In questo verso si associano due parole appartenenti a sensi diversi ("celeste" si lega alla vista e non al gusto, non c'è un gusto celeste). Tale procedimento retorico si chiama "sinstesia".

La sinestesia è una figura retorica consistente appunto nell'associare due termini che si riferiscono a sfere sensoriali diverse.

Prova a creare tu delle sinestesie (ad esempio: vista–tatto: una linea morbida).

Gusto – vista	--
Gusto – tatto	--
Gusto – olfatto	--
Gusto – udito	--
Vista – tatto	--
Vista – olfatto	--
Vista - udito	--
Tatto – olfatto	--
Tatto – udito	--
Olfatto – udito	--

Ora vai nel sito www.itals.it, entra nella sezione "canzoni per apprendere: parole in viaggio" e poi dentro questa canzone. Pubblica le tue sinestesie. Alcune di queste saranno utilizzate in uno dei prossimi brani di Fabio Caon che si troveranno in rete.

Attività 16: dal B1 in su

Nel testo è inserita una poesia dal titolo "autopsicografia". L'autore è un poeta portoghese: Fernando Pessoa.

Perché, secondo te, è stata inserita questa poesia nella canzone? Qual è il suo valore?

Ora vai nel sito www.itals.it, entra nella sezione "canzoni per apprendere: parole in viaggio" e poi dentro questa canzone. Confronta la tua risposta con le parole di Fabio Caon in video.

Attività 17: dal B1 in su

Riscriviamo qui la poesia di Pessoa:
Il poeta è un fingitore
finge così completamente
che arriva a fingere che è dolore
il dolore che davvero sente

1. Nell'arrangiamento i versi vengono recitati da una voce elettronica. Perché secondo te? Ascolta nuovamente la canzone e rispondi a questa domanda: l'effetto ottenuto è legato al messaggio contenuto in questi versi?

----

2. Dopo la poesia viene inserito un altro frammento di uno scritto di Pessoa: "Questa è la poesia: cantare senza musica". Perché secondo te?

----

3. Ora vai nel sito www.itals.it, entra nella sezione "canzoni per apprendere: parole in viaggio" e poi dentro questa canzone. Confronta la tua risposta con le parole di Fabio Caon in video.

ATTIVITÀ LINGUISTICO-ESPRESSIVE

Attività 18: tutti i livelli

Crea un poesia dal titolo "Estate" . Vai nel sito www.itals.it, entra nella sezione "canzoni per apprendere: parole in viaggio" e poi dentro questa canzone. Vedi come partecipare al concorso "poesie in italiano".

Attività 19: per tutti i livelli

Recita la poesia e registra la tua voce sulla base. Poi vai nel sito www.itals.it, entra nella sezione "canzoni per apprendere: parole in viaggio" e poi dentro questa canzone. Vedi come partecipare al concorso "declama in italiano".

Attività 20: tutti i livelli

Utilizza la base nel Cd e canta la canzone in italiano. Vai nel sito www.itals.it, entra nella sezione "canzoni per apprendere: parole in viaggio" e poi dentro questa canzone. Vedi come partecipare al concorso "canta in italiano".

Attività 21: tutti i livelli

Utilizza la base nel Cd e traduci il testo della canzone nella tua lingua madre. Vai nel sito www.itals.it, entra nella sezione "canzoni per apprendere: parole in viaggio" e poi dentro questa canzone. Vedi come partecipare al concorso "traduci e canta".

Attività 22: tutti i livelli

Crea un disegno o un dipinto che abbia come titolo "estate". Vai nel sito www.itals.it, entra nella sezione "canzoni per apprendere: parole in viaggio" e poi dentro questa canzone. Vedi come partecipare al concorso "disegna e dipingi in italiano".

Attività 23: tutti i livelli

Utilizza la base nel Cd e inventa un testo della canzone nella tua lingua madre. Vai nel sito www.itals.it, entra nella sezione "canzoni per apprendere: parole in viaggio" e poi dentro questa canzone. Vedi come partecipare al concorso "inventa un testo e canta".

Attività 24: per gli studenti musicisti di tutti i livelli

Risuona il brano da solo o con la tua band e ricanta la canzone. Poi vai nel sito www.itals.it, entra nella sezione "canzoni per apprendere: parole in viaggio" e poi dentro questa canzone. Vedi come partecipare al concorso "riarrangia in italiano".

7

Le attività

Monica (e le nascondo il nome)

7. Monica (e le nascondo il nome)

TESTO E MUSICA: Fabio Caon

Livelli degli studenti	A1/B2
Elementi lessicali	A1: lessico utile alla descrizione di una persona A1: aggettivi di nazionalità A1: numeri cardinali B2: uso dei verbi tenere, trattenere, intrattenere, ottenere, attenere, ritenere
Elementi linguistico-grammaticali	A1: accordo sostantivi e aggettivi, A1: pronome personale soggetto *lei* A1: indicativo presente di avere, chiamarsi B2: condizionale e congiuntivo presente di alcuni verbi B2: strutture "sapere se" e "sapere che"
Elementi linguistico-culturali ed interculturali	Dal B1 in su: modi di dire italiani che riguardano le donne e le mogli
Elementi linguistico-letterari	Dal B1 in su: rima, assonanza, consonanza, collegamenti intertestuali
Elementi linguistico-espressivi	Per tutti i livelli: scrivere e declamare una poesia in italiano, fotografare, cantare in italiano, tradurre e cantare nella propria lingua materna, inventare un testo, disegnare e dipingere, riarrangiare e presentare in italiano le proprie scelte.

Attività 0: A1/B2
Per gli studenti di livello A1:
Questa è un'immagine che l'artista Maria Pia Montagna ha realizzato pensando al titolo della canzone. Lavora con un compagno. Rispondete a queste domande sull'immagine.

Chi è questa persona? ....

Di che colore ha i vestiti? ....

Di che colore ha i capelli? ....

Di che colore ha le scarpe? ....

Per gli studenti di livello B2:
Mettiti nei panni dell'artista che ha fatto il disegno e spiega perchè hai realizzato in questo modo il "tuo" disegno. Poi vai nel sito www.itals.it, entra nella sezione "canzoni per apprendere: parole in viaggio" e poi dentro questa canzone. Confronta le tue risposte con quelle di Maria Pia Montagna.
Se vuoi, realizza un video in cui ti metti nei panni dell'artista e presenti le tue scelte artistiche. Poi pubblicalo nella sezione del sito apposita.

Attività 1: A1/B2

Questa canzone ha come titolo il nome di una ragazza. Come te la immagini fisicamente? Fai un identikit

Colore occhi	Colore capelli	Tipo (mosso, riccio...) e taglio capelli	Altezza

DURANTE L'ASCOLTO

Attività 2: A1/B2

Ascoltando la canzone sottolinea le immagini che hanno a che fare con le parole della canzone.

Attività 3: A1/B2
Per gli studenti di livello A1:
Ascolta la canzone e rispondi a queste domande scegliendo un disegno

a. L'autore, quale parte del corpo di Monica vuole vedere?

occhi

mani

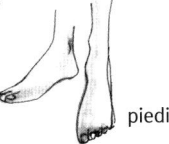
piedi

b. L'autore della canzone vorrebbe abbracciare Monica, vedere Monica o salutare Monica? Fai una crocetta sull'immagine giusta.

c. Cos'è il nome di Monica? ....

Per gli studenti di livello B2
a. Cosa trattiene il tempo nel fondo degli occhi di Monica?
b. Cos'è il nome di Monica?
c. Cosa ha nascosto l'autore nel testo?

Attività 4: A1/B2
Ascolta ancora una volta la canzone e completa il testo.

Ti vorrei parlare vorrei

vedere il viso che ora hai

se il tempo ancora ....

la notte in fondo agli .... tuoi

Perché c'è qualcosa che .... in me

e che non riesce a uscire

c'è un nome che .... in me

e che non riesco a dire

Monica Monica Monica

Monica il tuo nome è ....

Monica ti rinchiudo ....

Monica

Ti vorrei vedere vorrei

.... gli occhi che ora hai

se il testo in cui ti ....

è un segno che decifrerai

perché c'è un nome che .... in me

e che non riesco a dire

c'è un nome che .... in me

e che non so tradire

Perché Monica

non sei più la stessa

Monica non .... diversa

Monica

Eccomi qui davanti a te

Solo il tempo per .... ancora i tuoi occhi per me

e .... che ora

Ti vorrei vedere vorrei

sapere se ....

sapendo che questa canzone

parlando d'altro, ... ancora di te

Attività 5: A1
Prima leggi la carta d'identità di Monica, poi completa la tabella.

Cognome	
Nome	
Altezza	
Professione (lavoro)	
Giorno di nascita	
Colore dei capelli	
Colore degli occhi	

Per gli studenti di livello B2
In questa canzone c'è spesso il verbo volere al condizionale (*Vorrei…*) che esprime un desiderio.
Trova altri 3 verbi al condizionale presente che esprimano la stessa cosa.

1. ....

2. ....

3. ....

Attività 6: A1

Lavora con un compagno.
Se avete dubbi per rispondere alle domande, aiutatevi con la tabella dei che trovate qui sotto.

io	**mi chiamo** Giovanni	**sono** alto 1,80	**ho** 23 (ventitré) anni
tu	**ti chiami** Massimo	**sei** alto 1,80	**hai** 22 (ventidue) anni
lei	**si chiama** Alessia	**è** alta 1,60	**ha** 25 (venticinque) anni

Regole dell'attività:
uno studente è A e uno è B. Lo studente A sceglie una carta d'identità di un personaggio femminile tra quelli che seguono e non lo dice allo studente B; lo studente B fa la stessa cosa:

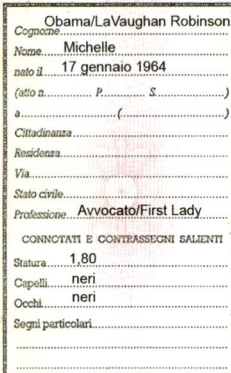

Lo studente B chiede le informazioni, lo studente A legge la carta d'identità e risponde.

Lo studente B potrà utilizzare la domande che seguono:
Come si chiama?
Qual è il suo nome? Qual è il suo cognome?
Quando è nata?
Quanto è alta?
Di che colore ha i capelli?
Di che colore ha gli occhi?
Che lavoro fa?

Ora scegliete un'altra carta d'identità, rifate l'esercizio e scambiatevi i ruoli.

Attività 7: B2
Scrivi una e-mail ad un amico/amica con il quale/la quale hai litigato e fagli/falle sapere cosa vorresti che lui/lei facesse per fare la pace.

Poi vai nel sito www.itals.it, entra nella sezione "canzoni per apprendere: parole in viaggio" e poi dentro questa canzone. Pubblica la tua e-mail nella sezione "una e-mail per la pace".

Attività 8: A1

Scrivi la carta d'identità di almeno 5 donne diverse seguendo la traccia e aiutandoti con la tabella.

Monica è una donna di .... anni A

è nata a .... B

Il cognome di Monica è C

Monica ha gli occhi.. D

e i capelli .... E

è alta .... F

e fa la/l'.. G

A	30 (trenta)	40 (quaranta)	18 (diciotto)	25 (venticinque)	50 (cinquanta)
B	Mirano	Venezia	Roma	Pechino	Londra
C	Gasparini	Pandolfi	De Nardis	Marton	Lanci
D	Verdi	Azzurri	neri	marroni	grigi
E	Rossi	Biondi	neri	castani	bianchi
F	1,70 cm	1,50 cm	1,80 cm	1,77 cm	1,65 cm
G	attrice	Infermiera	professoressa	cantante	barista

Attività 9: B2

Il verbo sapere può reggere una proposizione subordinata introdotta dalla congiunzione "che" oppure può reggere una proposizione subordinata introdotta dalla congiunzione "se". Inserisci nelle seguenti frasi *che* o *se*.

1. Non so .... oggi potrò venire al cinema con voi.
2. Sai .... oggi è arrivata l'insegnante?
3. Tutti sanno ormai .... in dicembre ti laurei.
4. Non sai mai .... le cose andranno bene o male.
5. Sono pochi a sapere .... lui suoni o no.
6. Sono pochissimi a sapere .... lui suona il pianoforte.

Sai dire che tipo di proposizione subordinata è quella introdotta dalla congiunzione "se"?

Sai dire che tipo di proposizione subordinata è quella introdotta dalla congiunzione "che"?

Attività 10: A1

Scrivete ora la carta d'identità di una donna importante/famosa del vostro Paese.

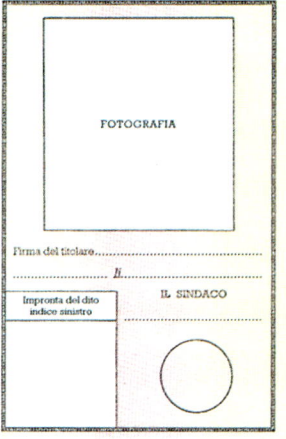

Attività 11: B2

Inserisci il verbo "trattenere" o "intrattenere" nel modo e nel tempo corretto

1. La prudenza ti dovrebbe .... dall'andare più veloce.
2. Scusa ma sono stato .... oltre mezz'ora dal direttore.
3. Con chi ti sei .... così a lungo?
4. Giulio non è mai stato capace di .... relazioni positive con le persone.
5. Molti stati .... tra loro rapporti soltanto diplomatici.
6. Andrea stava per andare sotto una macchina, fortuna che la sua ragazza lo ha .... per la giacca.

Attività 12: B2

Scrivi un testo di minimo 15 righe dove compaiano tutti questi verbi
Tenere, trattenere, intrattenere, ottenere, attenere, ritenere

----

ATTIVITÀ LINGUISTICO-CULTURALI ED INTERCULTURALI

Attività 13: dal B1 in su
Rimetti in ordine questi proverbi italiani che riguardano le donne o le mogli.

1. pericolo volante costante al donna   ....

2. e dolori donne motori gioie e   ....

3. tuoi buoi mogli e paesi dei   ....

4. dice chi danno dice donna   ....

Attività 14: dal B1 in su

Lavora con un compagno.
Dite, secondo voi, qual è il significato di questi modi di dire

1. ....
2. ....
3. ....
4. ....

Attività 15: dal B1 in su

Lavora con un compagno.
Trovate nella vostra lingua dei modi di dire che hanno lo stesso significato. Scriveteli qui sotto e proponete alla classe le vostre scelte.

1. ....
2. ....
3. ....
4. ....

Andate nel sito www.itals.it, entra nella sezione "canzoni per apprendere: parole in viaggio" e poi dentro questa canzone. Pubblicate i vostri modi di dire nello spazio apposito.

ATTIVITÀ LINGUISTICO-LETTERARIE

Attività 16: dal B1 in su
Alcuni poeti e autori di canzoni, quando hanno dedicato un loro testo a una persona importante, hanno cercato rime, assonanze, consonanze con il nome del destinatario. Perché, secondo te?

Prova a trovare delle parole che facciano rima, consonanza o assonanza (se non ti ricordi cosa sono rima assonanza e consonanza, guarda la canzone "Su la testa!") con:

Michela ....

Barbara ....

Martina ....

Roberto ....

Massimiliano ....

Enrico ....

Attività 17: dal B1 in su
Cerca in internet i testi o i video di altre canzoni o poesie famose che siano dedicate ad una donna, scegline una e fai un paragone con Monica, seguendo queste domande guida.
1. A chi si rivolge la canzone/poesia, a un'amica, amata, sorella, madre..?
2. In questa poesia/canzone si canta amore/rimpianto/rabbia...?
3. La canzone /poesia utilizza parole di uso quotidiano o no? Indica alcuni esempi
4. La canzone/poesia presenta delle allusioni, delle metafore? Quali?
5. Aggiungi delle considerazioni personali

Ti forniamo alcuni titoli famosi:

Canzoni	Poesie
La donna cannone (Francesco De Gregori)	Erano i capei d'oro a l'aura sparsi (Francesco Petrarca)
Lilly (Antonello Venditti)	
Gloria (Umberto Tozzi)	Deh, Violetta (Dante Alighieri)
Paolina (Ivan Graziani)	A Silvia (Giacomo Leopardi)
Sally (Vasco Rossi)	A Luigia Pallavicini caduta da cavallo (Ugo Foscolo)
Gianna (Rino Gaetano)	
Laura non c'è (Nek)	A mia moglie (Umberto Saba)
	A Liuba che parte (Eugenio Montale)

Canzone	Monica
1.	
2.	
3.	
4.	
5.	

Poesia	Monica
1.	
2.	
3.	
4.	
5.	

Attività 18: tutti i livelli

Crea un disegno o un dipinto che abbia come titolo un nome di donna o di uomo e che sia accompaganto dalla scritta (e le/gli nascondo il nome). Vai nel sito www.itals.it, entra nella sezione "canzoni per apprendere: parole in viaggio". Vedi come partecipare al concorso "disegna e dipingi in italiano".

Attività 19: tutti i livelli

Ascolta la canzone e scatta una fotografia che il titolo ti suggerisce. Poi vai nel sito www.itals.it, entra nella sezione "canzoni per apprendere: parole in viaggio". Vedi come partecipare al concorso "fotografa in italiano".

Attività 20: tutti i livelli

Crea un poesia che abbia come titolo il nome di una donna o di un uomo. Vai nel sito www.itals.it, entra nella sezione "canzoni per apprendere: parole in viaggio". Vedi come partecipare al concorso "poesie in italiano".

Attività 21: tutti i livelli

Utilizza la base nel Cd e canta la canzone in italiano. Vai nel sito www.itals.it, entra nella sezione "canzoni per apprendere: parole in viaggio". Vedi come partecipare al concorso "canta in italiano".

Attività 22: tutti i livelli

Utilizza la base nel Cd e traduci il testo della canzone nella tua lingua madre. Vai nel sito www.itals.it, entra nella sezione "canzoni per apprendere: parole in viaggio". Vedi come partecipare al concorso "traduci e canta".

Attività 23: tutti i livelli

Utilizza la base nel Cd e inventa un testo della canzone nella tua lingua madre. Vai nel sito www.itals.it, entra nella sezione "canzoni per apprendere: parole in viaggio". Vedi come partecipare al concorso "inventa un testo e canta".

Attività 24: per gli studenti musicisti di tutti i livelli

Risuona il brano da solo o con la tua band e ricanta la canzone. Poi vai nel sito www.itals.it, entra nella sezione "canzoni per apprendere: parole in viaggio". Vedi come partecipare al concorso "riarrangia in italiano".

8

Le attività

Al ritmo del mondo

8. Al ritmo del mondo

TESTO: Fabrizio Lobasso , Fabio Caon
MUSICA: Fabrizio Lobasso

Livelli degli studenti	B1/C1
Elementi lessicali	B1/C1: le determinazioni di tempo
Elementi linguistico-grammaticali	B1/C1: le determinazioni di tempo B1: forma e uso dell'imperfetto C1: uso dell'imperfetto
Elementi linguistico-culturali ed interculturali	Dal B1 in su: espressioni e modi di dire con le parole "tempo" e mondo".
Elementi linguistico-letterari	Dal B1 in su: figura etimologica, collegamenti intertestuali
Elementi linguistico-espressivi	Dal B1 in su: comporre un testo scritto o realizzare un video con vincoli formali Per tutti i livelli: cantare in italiano, riarrangiare e presentare in italiano le proprie scelte, tradurre e cantare nella propria lingua materna, inventare un testo.

PRIMA DELL'ASCOLTO

Attività 1: B1/C1
Scrivi tutte le parole che ti vengono in mente se pensi al viaggio

Viaggio

Attività 2: B1/C1
Scrivi 3 cose che ti piaceva fare quando eri bambino e che adesso non fai più.

1. --
2. --
3. --

Attività 3: B1/C1
Scrivi il nome di una città o di una nazione che vorresti visitare e scrivi perché vorresti andare lì.

Vorrei andare --

Perché ---

Attività 4: B1/C1
Pensa ad un viaggio reale che hai fatto e ad uno che vorresti fare (immaginario) e scrivi 3 aggettivi che esprimano il tuo stato d'animo.

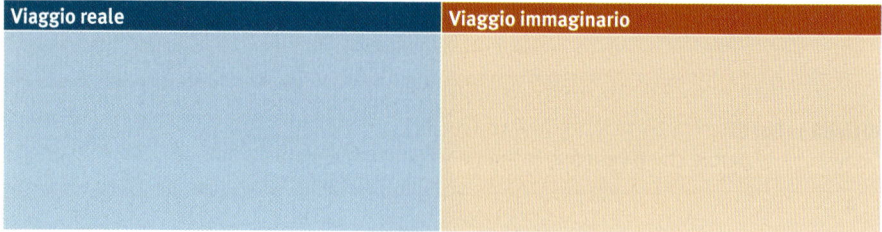

DURANTE L'ASCOLTO

Attività 5: B1

Mentre ascolti la canzone pensa a quale percorso di viaggio corrisponde. Scegli tra quelli che vedi qui sotto. Di che viaggio parla secondo te la canzone? Perché?
Adesso prova a mettere i percorsi di viaggio in ordine dal più lungo al più breve.

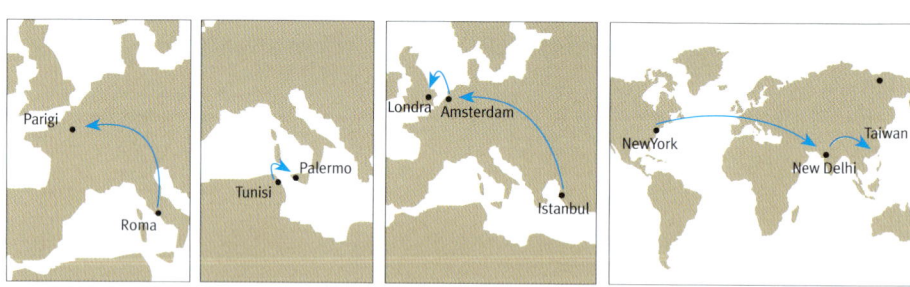

Attività 6: B1/C1

Ascolta la canzone e completa con le parole che mancano.

Quando ti metterai in viaggio per Itaca
devi augurarti che la ....
Soprattutto non affrettare il viaggio

Avevo storie da raccontare, ... da immaginare

e adesso non ce li ho più, e adesso non ce li ho più,

e .... sto cadendo sempre più giù...

Avevo mete da programmare, fermate certe su cui contare

e adesso non ce le ho più, e adesso non ce le ho più,

e .... e vado sempre più giù

Ballavo .... e adesso non ballo più

c'è un nuovo ritmo nel mondo, se puoi ballaci tu

cantavo a .... del tempo e adesso ...., no no,

comincio a andar fuori tempo se puoi tienilo tu...

Avevo un .... da far quadrare in un quadro bianco da colorare

e adesso non ce l'ho più, e adesso non ce l'ho più

e cado sempre più giù, ... sempre di più...

Avevo fiamme su cui .... ed acqua fredda su cui ....

i dolori che non ho più, ... che non ho più

e cado sempre di più, ... sempre più giù

Cantavo a ritmo del tempo e adesso non canto più, no no,

non riesco a .... se puoi insegnami tu...

Viaggiavo dentro .... e adesso non viaggio più

ero dentro il tuo tempo ed ora non ci son più

Tenevo il ritmo del tempo e adesso ...., no no,

non tengo il passo del tempo se riesci tienilo tu...

Viaggiavo dentro il tuo mondo e adesso non viaggio più

tenevo il tempo del mondo ora ....

Itaca ti ha dato il bel viaggio

senza di lei mai ti .... messo sulla strada

cos'altro ti aspetti

E se la trovi .... non per questo Itaca ti avrà deluso

Attività 7: B1
Riascolta la canzone e rispondi a queste domande.
Chi è la persona della canzone?

Perché non può più raccontare delle storie?

Che mete poteva/voleva programmare?

DOPO L'ASCOLTO

Attività 8: B1/C1

Lavora con un compagno.
Inserite le seguenti espressioni temporali dentro la casella a cui fanno riferimento
Attenzione! L'espressione "un giorno" si può riferire a passato e futuro

Passato	Presente	Futuro

domani	un po' di giorni fa	al momento
l'altro ieri	oggidì	adesso
alcuni giorni fa	in quest'attimo	una volta
ora	tra un po'	ieri
tempo fa	in questo momento	
dopodomani	fra qualche tempo	

Attività 9: B1

Sottolinea tutti i verbi al modo indicativo tempo imperfetto presenti nella canzone. Che senso ha l'uso dell'imperfetto in questa canzone, secondo te?

Attività 10: B1/C1
Per il livello B1:

Chi determina, nella canzone, il ritmo del mondo?

Per il livello C1:

Che ritmo ha il mondo secondo te nell'epoca in cui stiamo vivendo?

Attività 11: B1

Individua tutte le parole del testo che possono essere collegate direttamente al viaggio

Viaggio

Attività 12: B1

"Viaggiavo dentro il tuo mondo e adesso non viaggio più
Ero dentro il tuo tempo ed ora non ci son più"

In questi due versi si allude ad una sintonia e armonia propria di unioni (amicizie, amori, parentele...)

che sono difficili da raggiungere ma molto preziose; a chi pensi si riferisca qui il protagonista della canzone? Trova nel testo i versi che possono giustificare la tua ipotesi.

Attività 13: C1

Trova 4 verbi che si possono collocare subito a sinistra della parola "tempo", senza altri elementi in mezzo.

Verbi	
	Tempo

ATTIVITÀ LINGUISTICO-CULTURALI ED INTERCULTURALI

Attività 14: dal B1 in su
In italiano ci sono alcune espressioni, alcuni modi di dire con la parola "tempo".
Collega con una freccia l'espressione con il suo significato corrispondente:

tempo da lupi	percepire i mutamenti meteorologici attraverso disturbi fisici
lascia il tempo che trova	nel momento opportuno
cogliere il tempo	condizioni meteorologiche pessime
sentire il tempo	non provoca cambiamenti, non ha alcun effetto
a tempo debito	sfruttare l'occasione

Attività 15: dal B1 in su
In italiano ci sono alcune espressioni, alcuni modi di dire con la parola "mondo".
Collega con una freccia l'espressione con il suo significato corrispondente:

Da che mondo è mondo:	vicende, assurde incredibili
Caschi il mondo:	generare
Cose dell'altro mondo:	chi si gode la vita e ha esperienza delle cose umane
Uomo di mondo:	qualunque cosa accada
Mettere al mondo:	nascere
Venire al mondo:	da sempre

Attività 16: dal B1 in su
Nella tua lingua madre (o nel tuo dialetto) ci sono espressioni o modi di dire con la parola "tempo" o "mondo"? Scrivili qui sotto. Prova a fare una traduzione letterale in italiano e poi a trascrivere l'espressione italiana corrispondente (se c'è).
Se non c'è (o non conosci) un'espressione italiana che abbia lo stesso significato, spiegalo nella casella corrispondente e poi confrontati con i tuoi compagni per vedere se siete d'accordo. Se loro parlano altre lingue, scopri con quali frasi esprimono questi concetti.

Espressione nella mia lingua madre	Traduzione letterale in italiano	Espressione simile in italiano	Significato

Vai ora nel sito www.itals.it, entra nella sezione "canzoni per apprendere: parole in viaggio". Vedi come inserire queste espressioni nello spazio appositamente dedicato. Scoprirai altre espressioni e modi di dire italiani.

Attività 17: dal B1 in su

In questa canzone è stato inserito un frammento di una poesia di Kostantinos Kavafis, un poeta greco. La poesia si intitola: "Itaca".

Individua e scrivi nella tabella il messaggio del testo e quello dei versi di Kavafis. In che modo li puoi collegare?

Messaggio testo canzone	Messaggio poesia
Collegamento:	

Attività 18: dal B1 in su

Questa canzone è stata volutamente scelta come brano di chiusura. Perché secondo te?

Attività 19: dal B1 in su

Il titolo del CD è "Parole in viaggio". Prova a dire qual è, secondo te, il messaggio di questo titolo alla luce di questa poesia che chiude il lavoro.

Queste domande ti possono aiutare nell'elaborare la tua opinione.

Che "viaggi" ci sono stati?

Qual è il senso del viaggio?

Come viaggiano le parole?

Adesso vai nel sito www.itals.it, entra nella sezione "canzoni per apprendere: parole in viaggio". Confronta la tua interpretazione con la videorisposta che dà Fabio Caon.

Attività 20: dal B1 in su
Come hai già visto nella canzone "Su la testa!", la "figura etimologica" è una figura retorica per cui si accostano termini connessi tra loro etimologicamente (ad es. vivere una bella vita) o per significato simile (ad es. dormire un profondo sonno).
Cerca le figure etimologiche nel testo:

Adesso inventa tu tre figure etimologiche. In ognuna devono essere presenti un sostantivo e un verbo

1. --

2. --

3. --

ATTIVITÀ LINGUISTICO-ESPRESSIVE

Attività 21: dal B1 in su
Rispetto ad un'occasione sfumata, scrivi un testo di 80 parole che esprima rimpianto partendo da quest'incipit.

"Avevo molte cose da dirti ma........

Attività 22: dal B1 in su

Immagina di essere il 'tu' a cui il protagonista della canzone si rivolge, rispondi alle diverse richieste di aiuto che ti fa (tienimi tu, ballaci tu, insegnami tu..) in forma di lettera.
Puoi rispondere anche attraverso un video (che puoi fare utilizzando diversi registri linguistici (formale, informale...) o chiavi comunicative (comica, drammatica...). Poi vai nel sito www.itals.it, entra nella sezione "canzoni per apprendere: parole in viaggio". Vedi come pubblicarlo e partecipare al concorso "l'esperto risponde...".

Cari lettori,
ci scrive.. da......................................
ecco la nostra risposta

Attività 23: tutti i livelli
Utilizza la base nel Cd e canta la canzone in italiano. Vai nel sito www.itals.it, entra nella sezione "canzoni per apprendere: parole in viaggio". Vedi come partecipare al concorso "canta in italiano".

Attività 24: tutti i livelli
Utilizza la base nel Cd e traduci il testo della canzone nella tua lingua madre. Vai nel sito www.itals.it, entra nella sezione "canzoni per apprendere: parole in viaggio". Vedi come partecipare al concorso "traduci e canta"

Attività 25: tutti i livelli
Utilizza la base nel Cd e inventa un testo della canzone nella tua lingua madre. Vai nel sito www.itals.it, entra nella sezione "canzoni per apprendere: parole in viaggio". Vedi come partecipare al concorso "inventa un testo e canta".

Attività 26: per gli studenti musicisti di tutti i livelli
Risuona il brano da solo o con la tua band e ricanta la canzone. Poi vai nel sito www.itals.it, entra nella sezione "canzoni per apprendere: parole in viaggio". Vedi come partecipare al concorso "riarrangia in italiano".

I testi delle canzoni

Fragile

Testo: F. Caon
Musica: M. Celegon, F. Caon

Sei la pioggia su di me
che passa e resta fragile
mentre cammino mi sembra che
in questa notte tu sia qui con me

Perché sei l'ombra che resta
sei la traccia che passa

Sei il vento dentro me
l'azzurro terso e le nuvole

Perché sei l'ombra che resta
sei la traccia che passa

Sei la pioggia...

Su la testa!

Testo e musica: F. Caon

Muoviti il tuo tempo troverai
un ritmo che dentro hai riscoprirai
fai un balzo che ti sbalza
a sinistra e poi a destra
che ti gira la testa e ti fa fare viceversa
se saprai pensare in controtempo
un senso troverai
se solo vorrai il tuo tempo troverai
stai molto attento al tempo,
ai piedi, al movimento
comincio lento e prendo il tempo ora vai

giù la testa su la testa giù la testa su la testa giù la testa
giù la testa su la testa giù la testa su la testa giù la testa va'

musica la vita è prodiga di cacofonica follia
frutto *dell'afantasia*
di chi ci vuole
persone senza un nome
carni da carrello buone
per il macello delle idee nuove
fai attenzione fai opposizione
ama con ragione al ritmo della tua passione
e suonerai i suoni che tu sai
e il ritmo del tuo corpo tu da solo ritmerai
vai

giù la testa su la testa giù la testa su la testa giù la testa
giù la testa su la testa giù la testa su la testa giù la testa vai
giù la testa su la testa giù la testa su la testa giù la testa
giù la testa su la testa giù la testa su la testa giù la testa

sono quello che sono
sono il sogno che ho
sono quello che sogno
sono il sonno che non ho
sono quello che sono
sono quel che non so
sono quel che sono stato
sono quel che sarò
sono il sogno senza sonno
sono il segno di ogni sbaglio
sono il vento di una stanza
quel che del silenzio avanza
tu danza con me non c'è distanza
canta con me non c'è distanza

giù la testa su la testa giù la testa su la testa giù la testa
giù la testa su la testa giù la testa su la testa giù la testa vai
giù la testa su la testa giù la testa su la testa giù la testa
giù la testa su la testa giù la testa su la testa giù la testa

giù la testa su la testa giù la testa su la testa giù la testa
giù la testa su la testa giù la testa su la testa giù la testa vai
giù la testa su la testa giù la testa su la testa giù la testa
giù la testa su la testa giù la testa su la testa su la testa!

Sulle strade di Varsavia

Testo: F. Caon
Musica: F. Caon, A. Lacitignola

Che cosa resta di quel che è stato?
Cosa trattiene il sangue tra le vene?
Chi si siede a rifarmi gli occhi?
Con quali occhi adesso guardo cosa viene?
Dove ti ho persa? In quale tempo?
Da che silenzio mi parlerai?
Vedrai, sarai uguale a come io ti avevo dimenticata
vedrai...

Ma se mi parli di te soli in questa notte io e te
io potrei cercare il perché dietro le parole per te

Che cosa resta di quel che è stato?
Quale presente adesso ha il mio passato?
Dove cammino a piedi nudi?
Su quali cocci tu taglierai
le mie parole inaspettate?
Come sole sulla pioggia scivolerai
sulla mia strada fatta di nebbia
perché "nulla si sa tutto s'immagina"

Ma se tu dormi con me chiusi dentro il buio io e te
io ti guarderei ridere mentre il sonno chiude gli occhi tuoi

E intanto piove e nevica sulle strade di Varsavia
e piove e nevica

Ma se sogni con me pioggia nella notte
noi senza più alcun perché come il bel rumore di vivere
vivere...

Il sangue scorrere

Testo e musica: F. Caon

Non senti il sangue scorrere
qui dentro le vene piene di vita
presto ogni dolce fatica sarà
semplicemente finita

Metto in moto e sto bene
la vita è un vento che viene
viene con me mi tiene con sé
non chiede perché procede proprio come vuoi te.
Il breve brivido che brucia le vene
neve bianca che imbianca le sere
serenamente sto
a mente stanca ho nel motore il fatale falò
di chi sarò stato

Veemente dio d'una razza d'acciaio,
automobile ebbrrra di spazio,
che scalpiti e frrremi d'angoscia
rodendo il morso con striduli denti ...
all'abbaiare della tua grande voce
ecco il sol che tramonta inseguirti veloce
accelerando il suo sanguinolento
palpito, all'orizzonte ...

Non senti il sangue scorrere ...

Tra il bianco ed il nero

Testo: F. Lobasso, F. Caon
Musica: F. Lobasso

Se ti dicono corri cammina c'è tempo
Se ti dicono aspetta corri più che puoi..
Se ti dicono è giusto cerca un errore
Se ti dicono sbagli sbaglia e fa' come vuoi
Se ti dicono fermo tu cammina più in fretta
Se ti dicono svelto fermati e va come vuoi
Se ti dicono accelera tu rallenta c'è tempo
Se ti dicono frena tu aumenta più che puoi

Vuoi chi dica il vero
vuoi chi ti dica in quale metà
devi stare o nel bianco o nel nero
cerchi chi abbia la verità...

Se ti dicono "è brutto" tu cercane il bello
Se ti dicono "è bello" trovane il brutto se
puoi
Se ti dicono "è bianco" tu vedici il nero
Se ti dicono "è nero" mostrane il bianco se
puoi

Vorresti chi non t'imponesse il vero
cerchi chi mostri anche l'altra metà
ma non sai cosa è bianco e chi è nero
non lo sai dov'è la verità...

perché voglio chi non m'imponga il vero
voglio chi mostri anche l'altra metà
datemi il bianco ed il nero
ditemi dov'è la verità

perché voglio chi non m'imponga il vero
voglio chi mostri anche l'altra metà

guardo io tra il bianco ed il nero
cerco io la mia verità....

Viandante sono le tue orme la strada,
nient'altro
Mentre vai si fa la strada
e girandoti indietro vedrai il sentiero che
mai più calpesterai
Viandante tu non hai una strada
ma solo scie nel mare

...scelgo io la mia verità!

Ruvida estate

Testo: F. Caon
Musica: F. Caon, A. Lacitignola

Estate sporca estate
è stata colpa mia
estate ruvida estate
è stata colpa sua

Poesia sia quello che è stato
e quel che è stato ancora sia
poesia sia quello che resta
della festa l'allegria,
la nostalgia

Estate *l*inda estate è stata una follia
Estate morbida estate è stata una poesia

Poesia sia quello che è stato
e quel che è stato ancora sia
poesia sia quello che è stato
e quel che è stato più non sia
e quel che è stato sia

Poesia sia rabbia che rugge
contro il "reo tempo" che fugge via

"il poeta è un fingitore
finge così completamente
che arriva a fingere che è dolore
il dolore che davvero sente"
"questa è la poesia: cantare senza musica"
cantare senza musica

Poesia sia chi io son stato
e chi son stato io più non sia
Poesia sia chi non son stato
e chi son stato io ancora sia

Monica (e le nascondo il nome)

Testo e musica: F. Caon

Ti vorrei parlare vorrei
vedere il viso che ora hai
se il tempo ancora trattiene
la notte in fondo agli occhi tuoi

E se c'è qualcosa che è chiuso in me
e che non riesce a uscire
c'è un nome che nascondo in me
e che non riesco a dire

Monica   Monica Monica
Monica   il tuo nome è musica
Monica ti rinchiudo libera
Monica

Ti vorrei vedere vorrei
sapere gli occhi che ora hai
se il testo in cui ti ho nascosto
è un segno che decifrerai
perché c'è un nome che ho amato in me
e che non riesco a dire
c'è un nome che ho ingannato in me
e che non so tradire

Monica
Monica
Monica non sei più la stessa
Monica non sei diversa
Monica

Eccomi qui davanti a te
solo il tempo per tenere ancora i tuoi occhi
per me
E dirti che ora

Ti vorrei vedere vorrei
sapere se sorriderai
sapendo che questa canzone
parlando d'altro, parla ancora di te

Al ritmo del mondo

Testo: F. Lobasso, F. Caon
Musica: F. Lobasso

Quando ti metterai in viaggio per Itaca
devi augurarti che la strada sia lunga...
Soprattutto non affrettare il viaggio

Avevo storie da raccontare, viaggi lunghi da immaginare
e adesso non ce li ho più, E adesso non ce li ho più,
e cado sempre più giù...
Avevo mete da programmare, fermate certe su cui contare
e adesso non ce le ho più, adesso non ce le ho più,
e cado sempre di più finisco sempre più giù

Viaggiavo dentro il tuo mondo e adesso non viaggio più
restavo dentro il tuo tempo ed ora non ci son più
cantavo a ritmo del tempo e adesso non canto più, no no,
comincio a andar fuori tempo se puoi tienilo tu...

Avevo un cerchio da far quadrare in un quadro bianco da colorare
e adesso non ce l'ho più, e adesso non ce l'ho più
e frano sempre di più...
Avevo fiamme su cui bruciare ed acqua fredda su cui sciacquare
i dolori che non ho più, le gioie che non ho più
e affondo sempre di più, sprofondo sempre più giù

Ballavo a ritmo del mondo e adesso non ballo più
c'è un nuovo ritmo nel mondo se vuoi ballaci tu
cantavo a ritmo del tempo e adesso non canto più, no no,
non riesco a stare nel tempo se puoi insegnami tu...

Tenevo il ritmo del tempo e adesso non tengo più,
non tengo il passo del tempo se riesci tienilo tu...
viaggiavo dentro il tuo mondo e adesso non viaggio più
Ero io il tuo tempo ed ora non ci son più

Itaca ti ha dato il bel viaggio
Senza di lei mai ti saresti messo sulla strada
Cos'altro ti aspetti
E se la trovi povera non per questo Itaca ti avrà deluso

Nel disco hanno suonato:

1. Fragile (l'ombra che resta)
Voce: Fabio Caon
Cori: Angelo Lacitingola
Basso: Marco Celegon
Batteria: Lorenzo Terminelli, Uccio Rizzo
Chitarra acustica: Luigi Marchi
Chitarra elettrica: Paolo Zambon, Marco Tagliaro
Solo chitarra: Paolo Zambon
Synth e pianoforte: Fracesco Sartori
Flauto: Lorenzo Catto

2. Su la testa!
Voce: Fabio Caon
Cori: Angelo Lacitingola, Fabio Caon
Basso: Alessandro Gardinale
Batteria: Lorenzo Terminelli, Uccio Rizzo
Chitarra elettrica: Marco Tagliaro
Tastiere e pianoforte: Angelo Lacitignola

3. Sulle strade di Varsavia
Voce: Fabio Caon
Cori: Angelo Lacitingola, Fabio Caon
Chitarra acustica e pianoforte: Angelo Lacitignola
Tastiere: Francesco Sartori
Violino: Mauro Bonicelli

4. Il sangue scorrere
Voce: Fabio Caon
Cori: Angelo Lacitingola, Fabio Caon, Michela Andreani, Massimiliano Cortivo, Silvia Furian, Massimo Noiato, Maria Pia Montagna, Francesco, Emma e Celeste Sartori, Sara Solimene
Voce narrante: Massimiliano Cortivo
Basso: Alessandro Gardinale
Chitarra elettrica: Marco Tagliaro
Pianoforte: Francesco Sartori
Tastiere e programmazioni: Angelo Lacitignola

5. Tra il bianco ed il nero

Voce: Loris De Poli, Fabio Caon
Cori: Angelo Lacitingola, Fabio Caon
Voce narrante: Fabrizio Lobasso
Basso: Valdi Dimatore
Chitarra elettrica: Alberto Fortuni
Batteria: Uccio Rizzo
Tastiere: Davide Truccolo, Francesco Sartori
Solo hammond: Davde Truccolo
Solo chitarra: Alberto Fortuni

6. Ruvida estate

Voce: Fabio Caon
Cori: Angelo Lacitingola, Fabio Caon
Basso: Alessandro Gardinale
Batteria: Lorenzo Terminelli
Chitarra elettrica: Luigi Marchi
Tastiere: Angelo Lacitignola e Fracesco Sartori
Tromba: Alessandro Fabbro

7. Monica (e le nascondo il nome)

Voce: Fabio Caon
Cori: Angelo Lacitingola, Fabio Caon
Basso: Marco Celegon
Chitarra acustica ed elettrica: Luigi Marchi
Batteria: Lorenzo Terminelli
Tastiere: Angelo Lacitignola
Pianoforte: Francesco Sartori

8. Al ritmo del mondo (verso Itaca)

Voce: Fabio Caon
Cori: Angelo Lacitingola
Chitarra acustica: Marco Tagliaro
Pianoforte: Francesco Sartori
Tromba: Alessandro Fabbro
Verso Itaca
Versi tratti dalla poesia "Itaca" di Kostantinos Kavafis
Voce narrante e tastiere: Francesco Sartori

Registrazioni effettuate presso lo studio "Euroresidence '72" sotto la direzione di Francesco Sartori e Angelo Lacitignola e lo studio "Risonanze" sotto la direzione di Claudio Corradini e Diego Soffia. Missaggi, postproduzione e mastering effetuati da Claudio Corradini allo studio Risonanze (www. risonanze.it).

Le soluzioni

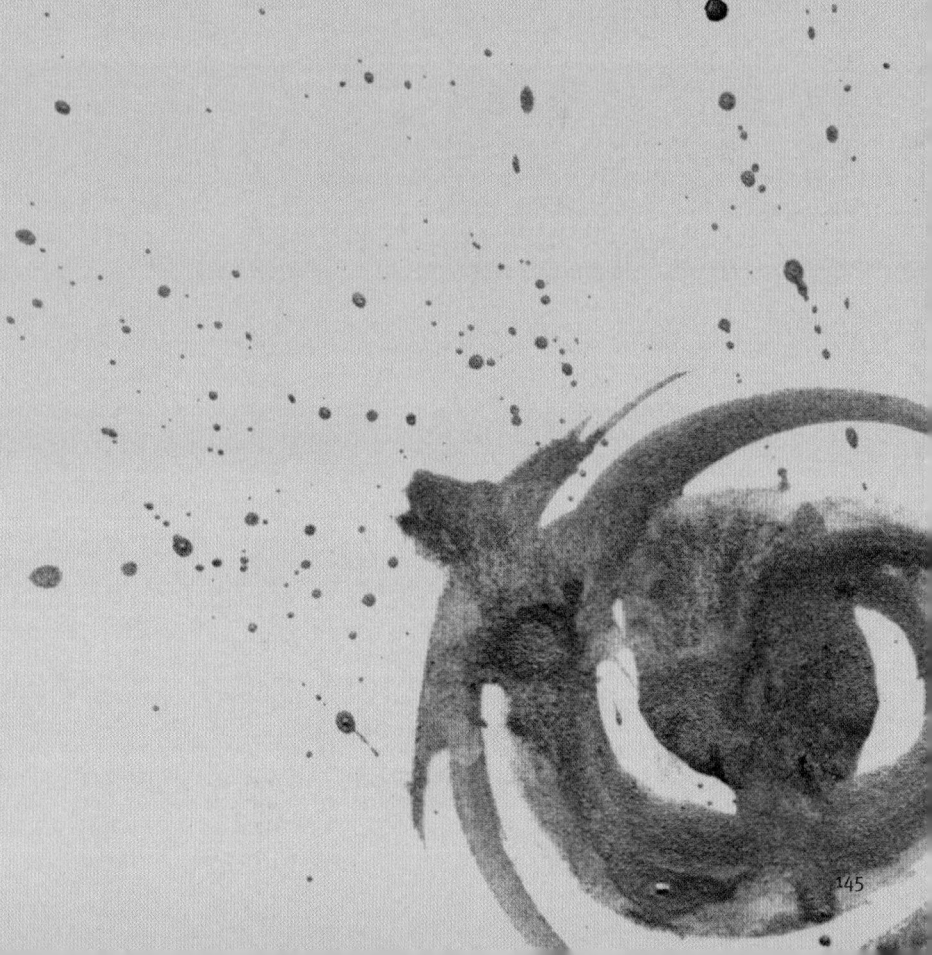

Fragile (l'ombra che resta)

Attività 5: A2

carta vetrata	ruvido,
una spugna per il bagno	morbido
un volto con la barba	ispido, peloso
un tronco	duro, liscio, ruvido
una tartaruga	duro
un ragno	peloso
un mollusco	viscido

Attività 5: B1
Pioggia, cammino, traccia, vento.

Attività 6: A2

Maschili singolari	Femminili singolari
Il	La
Lo	L'
L'	
Maschili plurali	**Femminili plurali**
Gli	Le
I	

Attività 6: B1

Soffiare	vento
Cadere	pioggia, neve
Salire	nebbia
Sparire	sole, neve
Splendere	sole
Alzare	sole, nebbia, vento
Scendere	sole, pioggia, nebbia,

Attività 7: B1

Vista	Tatto	Gusto	Udito	Olfatto
pioggia, notte, ombra, traccia, cammino, azzurro, terso, nuvole	pioggia, traccia, nuvole, vento, cammino	pioggia	pioggia, vento, cammino	pioggia, notte, ombra, traccia, azzurro, terso nuvole

Attività 8: A2

```
+ + + + + E + G + + + + + +
+ + + + + E L A R O P M E T +
+ + + + + I O T A + + V + +
+ + + + + G + N S S N + E + +
+ + + + G + E O + + E D N O +
+ + + O + V + U + + + P I + +
+ + I + + + + T + + V M N +
+ P + + + + + + + U + L E E
+ + + + + + + + + L + + U B T
+ + + + + + + + + I + + + F B +
+ + + + + + + + D + + + + I +
+ + + + + + + + + + + + A +
+ + + + + + + + + + + + +
+ + + + + + + + + + + + + +
+ + + + + + + + + + + + + +
```

DILUVIO (8,11)
FULMINE (13,10)
GRANDINE (8,1)
NEBBIA (14,7)
NEVE (13,5)
PIOGGIA (2,8)
SOLE (9,4)
TEMPESTA (15,9)
TEMPORALE (14,2)
TUONO (8,7)
VENTO (6,6)

Attività 10: dal B1 in su
1b 2a 3 c

Attività 12: dal B1 in su
1d 2c 3e 4b 5a

Attività 13: dal B1 in su
L'espressione "la notte porta consiglio" invita a prendere tempo per pensare.

Attività 14: dal B1 in su
Metafora 1: sei la pioggia, Metafora 2: sei l'ombra, Metafora 3: sei la traccia, Metafora 4: sei il vento, Metafora 5: (sei) l'azzurro terso e le nuvole

SU LA TESTA!

Attività 3: A2

verbi al modo indicativo tempo presente	verbi al modo indicativo tempo futuro
hai, sbalza, gira, stai, comincio, prendo, vai, è, vuole, ama, sai, sono, ho, sogno, so, avanza, danza, canta	troverai, riscoprirai, saprai, vorrai, suonerai, ritmerai, sarò

Attività 4: A2/C1

Verbi che non sono al presente o al futuro
muoviti, fare, pensare, sono stato, va', fai

Attività 4: C1

Verbo nel testo	Tempo	Modo
muoviti		Imperativo
fare	Presente	Infinito
pensare	Presente	Infinito
sono stato	Passato prossimo	Indicativo

Attività 5: A2

testa	*ginocchia*	dito
teste	labbro	*dita*
occhio	*labbra*	braccio
occhi	spalla	*braccia*
guancia	*spalle*	orecchio
guance	sopracciglio	*orecchie*
ginocchio	*sopracciglia*	

Attività 6: C1
Afantasia la regola l'a- privativo:
Se si pone la a- prima di certi sostantivi o aggettivi si ottiene una parola di significato opposto al quello orginale (ad es: simmetrico – asimmetrico)

Attività 7: A2
riscoprirai

Attività 7: C1
1. Nella parola "muoviti" è un pronome riflessivo enclitico (cioè privo di accento tonico) mentre nell'espressione "ti sbalza" è un pronome personale diretto.
2. Nell'espressione "ti sbalza", la particella *ti* è pronome diretto mentre nell'espressione "ti gira la testa" la particella *ti* è pronome indiretto.
3. La parola *che* nell'espressione "che ti sbalza" funziona come un soggetto perché sostituisce la parola "balzo".
4. La parola *che* nell'espressione "la musica che sai" funziona come un complemento oggetto perché il soggetto del verbo sai è un tu sottinteso.

Attività 8: A2
Muovetevi e il vostro tempo troverete
Un ritmo che dentro avete riscoprirete
Fate un balzo che vi sbalza
a sinistra e poi a destra
Che vi gira la testa e vi fa fare viceversa
Se saprete pensare in controtempo
un senso troverete
Se solo vorrete il vostro tempo troverete
State molto attenti al tempo,
ai piedi, al movimento
cominciamo lenti e prendiamo il tempo ora
andate

giù la testa su la testa giù la testa su la testa giù
la testa
giù la testa su la testa giù la testa su la testa giù
la testa andate

musica la vita è prodiga di cacofonica follia
frutto *dell'afantasia*
di quelli che ci vogliono
persone senza un nome
carni da carrello buone
per il macello delle idee nuove
fate attenzione fate opposizione
amate con ragione al ritmo della vostra passione
e suonerete i suoni che voi sapete
e il ritmo del vostro corpo voi da soli ritmerete
andate
giù la testa...
siamo quello che siamo
siamo il sogno che ho
siamo quello che sognamo
siamo il sonno che non abbiamo
siamo quello che siamo
siamo quel che non sappiamo
siamo quel che siamo stati
siamo quel che saremo
siamo il sogno senza sonno
siamo il segno di ogni sbaglio
siamo il vento di una stanza
quel che del silenzio avanza
voi danzate con noi non c'è distanza
cantate con noi non c'è distanza
giù la testa...

Attività 9: dal B1 in su

Testa calda	persona impulsiva
Testa fine	persona molto intelligente
Testa dura	persona testarda
Testa vuota	persona superficiale e sciocca
Testa quadra	persona che fa difficoltà a capire
Testa matta	persona bizzarra, eccentrica
Testa di moro	colore marrone scuro
Testa di cavolo	persona estremamente stupida (è un insulto)
Testa di legno	persona ottusa, ostinata

	e ignorante
Testa di cuoio	poliziotto o militare specializzati contro il terrorismo
Avere la testa per aria	non avere concentrazione
Fare testa o croce	giocare lanciando in aria una moneta
Fare un testa coda	girarsi con l'automobile
Avere testa	essere intelligenti

Attività 11: dal B1 in su
rime:
troverai/riscoprirai
follia/afantasia
opposizione/passione
sai/ritmerai/vai
stanza/avanza/distanza

rime interne:
hai/riscoprirai/fai
troverai/vorrai
troverai/stai
movimento/lento
attenzione/opposizione
ragione/passione
suonerai/ sai
avanza/danza
danza/distanza

Attività 12: dal B1 in su
assonanze:
destra/viceversa
tempo/movimento
vuole/nome
buone/nuove
consonanze:
non ci sono consonanze

Attività 13: dal B1 in su
MuoviTi il Tuo Tempo Troverai
un RiTmo che denTRo hai RiscopRiRai
fai un balzo che ti sbalza
A siniSTRA e poi A deSTRA
che Ti gira la TesTa e Ti FA FAre viceversa
Se SaPrai Pensare in controtemPo
un senso troverai
se solo vorrai il Tuo Tempo Troverai
sTai molTo aTTenTo al Tempo,

ai piedi, al movimento
cOminciO lentO e prendO il tempO Ora vai

giù la testa...

musicA lA vitA è prOdigA di cAcOFOnicA FOlliA
frutto *dell'afantasia*
di chi ci vuole
pErsOnE sEnza un nOmE
CArni da CArrello buone
per il macello delle idee nuove
fai attenzione fai opposizione
ama con Ragione al Ritmo della tua passione
e Suonerai i Suoni che tu Sai
e il Ritmo del tuo coRpo tu da solo RitmeRai
vai

giù la testa...

sono quello che sono
SOnO il SOgnO che hO
SOnO quellO che SOgnO
soNo il soNNo che NoN ho
sono quello che sono
SOno quel che non SO
Sono quel che Sono Stato
Sono quel che Sarò
Sono il Sogno Senza Sonno
Sono il Segno di ogni Sbaglio
Sono il venTo di una STanza
quel che del silenzio avanza
tu Danza con me non c'è Distanza
Canta Con me non c'è distanza

giù la testa ...

Attività 14: dal B1 in su
balzo che ti sbalza
suonerai i suoni
il ritmo ... ritmerai

Attività 15: dal B1 in su
se solo vorrai il tuo TEMPO troverai/stai molto
attento al TEMPO
giù la TESTA, su la TESTA
FAI attenzione FAI opposizione
SONO quello che SONO

Sulle strade di Varsavia

Attività 3: B1/B2
1 occhi
2 piedi nudi
4 ombrello
6 paio di sci
5 strada
3 pezzi di vetro di una bottiglia

Attività 4: B1/B2
occhi, tempo, silenzio, notte, piedi nudi, cocci,
sole, pioggia, strada, nebbia, Varsavia

Attività 6: B2
1 e 2 a 3 d 4 b 5 c

Attività 7: B1
1 autostrada   2 superstrada
3 stradone   4 strada
5 stradina

Attività 8: B1
Intruso: viatico
Nome insieme: tipi di vie
Intruso: pezza
Nome insieme: tipi di spiazzi
Intruso: mobile
Nome insieme: tipi di costruzioni

Attività 9: B1
SOLUZIONE

```
+ + + + + + + + + + + + +
+ + + + + + + + + + + + +
+ + + + + + + + + + + + +
+ + + + + + + + + + + + +
+ + + + + + + + + + + + +
+ + + + + + + + + + + + +
+ + + + + + + + + + + + +
+ + + E + + + D + + + + +
+ A + V + + + I + + + + +
+ + C O + + L T + + + + +
+ + + I + U + U + + + + +
+ + + P V + + O + + + + +
+ + + I + E + N + + + + +
G R A N D I N A + + + + +
+ + + + + + + + + + + + +
```

DILUVIA(9,8)
GRANDINA(1,14)
NEVICA(7,14)
PIOVE(4,12)
TUONA(8,10)

Attività 10: dal B1 in su
1. A 2. B 3. A

Attività 11: dal B1 in su
trovare la propria strada: trovare un'attività adatta ad esplicare le proprie capacità
trovarsi in mezzo ad una strada: essere senza casa o senza lavoro
seguire la strada del vizio: avere un tipo di comportamento disdicevole
aprire la strada a qualcuno: indirizzare qualcuno sulla via del successo
farsi strada: raggiungere il successo

Attività 12: B2
essere fuori strada: essere in errore

Attività 14: dal B1 in su
La canzone è un testo poetico

Il sangue scorrere

Attività 4: C1/C2
Parte cantata iniziale
    a. Dentro le vene
    b. Sarà finita
Parte RAP del coro
    c. Sta bene
    d. Brucia le vene
Poesia
    e. Con striduli denti
    f. Abbaia

Attività 5: C1/C2
Scalpiti, frrremi, rodendo, abbaiare
I verbi rimandano tutti ad azioni animali o umane

Attività 6: dal B1 in su
bella come il sole
fresca come una rosa
pallida come la luna
veloce come il vento
furbo come una volpe
sordo come una campana
leggero come una piuma
sano come un pesce

Attività 7: dal B1 in su
1 c 2 e 3 g 4 a 5 b 6 d 7 f

Attività 8: dal B1 in su
Non SEnti il SanguE ScorrErE
Qui dentro le Vene piene di Vita
Presto ogni dolce fatica Sarà
Semplicemente finita

Metto in Moto e sto bene
La Vita è un Vento che Viene
ViEnE con mE mi tiEnE con sÉ
non chiEdE PErché ProcEdE Proprio comE vuoi tE
Il BReVe BRiVido che BRucia le Vene
Neve bianca che imbianca le sere
Serenamente Sto
a mente Stanca ho nel motore il FAtale FAlò
di chi Sarò Stato

Veemente dio d'una razza d'acciaio,
Automobile ebbrrra di spazio,
che scalpiti e frrremi d'angoscia
rodendo il morso con striduli denti ...
All'abbaiare della tua grande voce
ecco il sol che tramonta inseguirti veloce
accelerando il suo sanguinolento
palpito, all'orizzonte ...

Non Senti il Sangue Scorrere ...

Attività 12: dal B1 in su
Felice errore
Ghiaccio bollente
Sorriso triste
Gioia amara

Attività 14: dal B1 in su
Il cuore in gola.
Gli occhi puntati su di lui.
Non era certo una passeggiata

Attività 16: dal B1 in su
1. scalpiti, morso, denti, abbaiare
2. ebbrrra, frrremi, striduli denti, rodendo il morso, inseguirti veloce

Attività 17: dal B1 in su
Ebbrrra, frrremi

Attività 18: dal B1 in su
La vita è come un vento che viene

Attività 19: dal B1 in su
Rima ricca: BIÀNCA - imBIÀNCA

Tra il bianco ed il nero

Attività 4 A2/B1
1. V 2. V 3. F 4. V

Attività 5: A2
Se vi dicono correte voi camminate c'e' tempo
Se vi dicono aspettate allora correte più che potete
Se vi dicono è giusto allora cercate un errore
Se vi dicono sbagliate, sbagliate e fate come volete
Se vi dicono fermi voi camminate più in fretta
Se vi dicono svelti fermatevi e andate come volete
Se vi dicono accelerate voi rallentate c'è tempo
Se vi dicono frenate voi aumentate più che potete

Attività 5: B1

muoversi	fermarsi
rallentare	accelerare
tirare	spingere
accendere	spegnere
aumentare	diminuire
prendere	dare
mostrare	nascondere

Attività 6: A2
Fare il contrario di quanto viene chiesto

Attività 6: B1
1. Partitivo 2. Partitivo 3. Stato in luogo 4. Partitivo 5. Moto da luogo 6. Moto a luogo 7. Stato in luogo 8. Moto da luogo

Attività7: A2

Aspettare	camminare	aumentare	accelerare	fermare
treno, amico, automobile, bambino, lettera, telefonata	amico, bambino, leone	peso,	treno, aereo, acqua, albero, prezzo, automobile	orologio, computer

Attività 8: B1
Voglio che tu venga da me
Voglio che questa serata finisca bene.
Voglio un'auto che dia sicurezza.

ATTIVITÀ 9: B1

Andare	in bianco
Lavorare	in nero
Leggere	un giallo
Avere	il conto bancario in rosso
Mangiare	in bianco
Essere	al verde

ATTIVITÀ 10: B1

Quando una persona è bambina o giovane, la sua età è verde
Quando si pensa sempre in modo molto negativo, si vede tutto in nero
Quando si prova molta rabbia, si vede tutto rosso

Ruvida estate

Attività 4: A2

ruvida morbida linda sporca

Attività 7: A2/B1

1c 2g 3f 4e 5a 6d 7b

Attività 8: A2/B1

Aggettivi qualificativi nel testo	I loro contrari
1 sporca	1 pulita, linda
2 ruvida	2 liscia
3 linda	3 sporca
4 morbida	4 dura

Attività 9:A2

Simpatico	antipatico
Giovane	vecchio
Bello	brutto
Alto	basso
Veloce	lento
Gentile	scortese

Attività 9: B1

MORBIDO	RUVIDA	SPORCA	LINDA
Letto	Pelle	Faccenda	Stanza
Cuscino	Persona	Faccia	Scuola
Padre	Spugna	Politica	Scrittura
Carattere	Foglia	Mano	Amicizia
Legno	Copertina	Spiaggia	Acqua
Dolce		Acqua	
Pane		Barzelletta	
		Coscienza	

Attività 12: dal B1 in su

1.C / 2.A / 3.B / 4. A / 5.C / 6. B / 7.C / 8. B

Attività 13: dal B1 in su

Avere la fedina penale sporca: avere precedenti penali
Avere la coscienza sporca: sentirsi in colpa
Uno sporco individuo: una persona immorale
Politica sporca: corrotta
Una barzelletta sporca: volgare
Farla sporca: commettere un'azione spregevole

Monica
(e le nascondo il nome)

Attività 3: A1/B2
Per gli studenti di livello A1:
a. gli occhi
b. vedere Monica
c. musica

Attività 3: A1/B2
Per gli studenti di livello B2:
a. La notte
b. musica
c. monica

Attività 5: B2
Ecco alcuni verbi che si possono utilizzare per esprimere un desiderio
1. gradirei
2. desidererei
3. amerei

Attività 9: B2
1. se 2. che 3. che 4. se 5. Se 6. che
La subordinata introdotta dalla congiunzione "se" è di tipo interrogativo indiretto
La subordinata introdotta dalla congiunzione "che" è di tipo oggettivo

Attività 11: B2
1. trattenere 2. trattenuto 3. intrattenuto 4. intrattenere 5. intrattengono 6. trattenuto

Attività 13: dal B1 in su
1. donna al volante, pericolo costante
2. donne e motori, gioie e dolori
3. mogli e buoi dei paesi tuoi
4. chi dice donna dice danno

Attività 15: dal B1 in su
Donna al volante pericolo costante
donne e motori gioie e dolori
mogli e buoi dei paesi tuoi
chi dice donna dice danno

Al ritmo del mondo

Attività 5: B1
4. 3. 1. 2.

Attività 8: B1/C1

Passato	Presente	Futuro
una volta	adesso	domani
ieri	ora	tra un po'
l'altro ieri	al momento	dopodomani
tempo fa	in	fra qualche
alcuni giorni fa	quest'attimo	tempo
un po' di	in questo	
giorni fa	momento	
	oggidì	

Attività 9: B1
avevo, viaggiavo, restavo, cantavo, ballavo, tenevo.
L'imperfetto esprime un'abitudine che si aveva in passato.

Attività 13: C1
Perdere tempo
Chiedere tempo
Prendere tempo
Avere tempo

Attività 14: dal B1 in su
tempo da lupi
condizioni meteorologiche pessime
lascia il tempo che trova non provoca cambiamenti, non ha alcun effetto
cogliere il tempo
sfruttare l'occasione
sentire il tempo
percepire i mutamenti meteorologici attraverso disturbi fisici
a tempo debito nel momento opportuno

Attività 15: dal B1 in su
Da che mondo è mondo: da sempre
Caschi il mondo: qualunque cosa accada
Cose dell'altro mondo: vicende assurde incredibili
Uomo di mondo: chi si gode la vita e ha
esperienza delle cose umane
mettere al mondo: generare
venire al mondo: nascere

Attività 20: dal B1 in su
Fiamme bruciare
Acqua sciacquare

Finito di stampare nel mese di maggio 2010
da Grafiche CMF - Foligno (PG)
per conto di Guerra Edizioni - Guru s.r.l.